越水利江子
KOSHIMIZU
RIEKO

月下花伝

時の橋を駆けて

GEKKA KADEN

大日本図書

月下花伝◆時の橋を駆けて

装幀　こやま　たかこ
装画　弓本　純加

真玉《またま》の月

外は、風の音。

主のいなくなった道場、龍月館《りゅうげつかん》はがらんとしている。

秋飛《あきひ》は、道場の白壁をスクリーンにして、古い映写機のスイッチを入れた。

ジージーという音と共に、白壁に、モノクロの映像が映し出される。


どこかの川辺。咲き誇《ほこ》った桜、桜、桜。

川面には、雪のように白い花びらが降りしきっている。

その川を手こぎの舟が行く。舟に乗っているのは、絵日傘をさした日本髪の美しい娘たち。

川の土手を、年の頃は二十歳ぐらいの若侍《わかざむらい》が、小さな男の子の手をひいて、のんびり歩いて行く。

紺絣《こんがすり》の着物と袴《はかま》。腰には二刀。

髪は、後ろで一つにたばねたポニーテール型。

すずしいが切れ上がった目をしている。

「そうじ兄ちゃん、おだんご食べたい」

男の子が茶店を見つけていった。

「おだんごか、いいなあ。勇坊はいくつ食べられる？」

そうじ兄ちゃんと呼ばれた若侍がたずねた。

「うーん、五つ！」

勇坊がこたえる。

「ほんとか？　よーし、五つだな」

若侍と勇坊は楽しそうにいって茶店へ入った。

勇坊が五つのおだんごを前にして手をのばした時、気色《けしき》ばんだ浪士《ろうし》が数名、目前を駆《か》け抜けていった。

「なにごとだ？」

若侍は立ち上がって行く手を見た。

しだれ桜の下で、左手をふところに入れた侍が、居並んだ抜き身にかこまれていた。

「さんなん　けいすけだなっ」

さけんだ浪士が斬《き》りかかった。数名の浪士がバラバラと抜刀《ばっとう》する。囲まれた侍は左手がつかえないのか、片腕で防戦している。

「勇坊、ここにいるんだ。動くな」

いいおき、若侍は走った。

せまってきた足音に気づいた浪士二名がむかえうってきた。若侍の剣が鞘《さや》走った。と、一人は横っ面へはね飛ばされた。同時に、白刃がわずかにひらめいた。二人目は声も出さず倒れた。

「……き、きさま、新選組の沖田総司《おきたそうじ》だなっ」

残ったのは三人、そのうちの一人がさけんだ。

一瞬で仲間二人を倒され、三人とも完全に気をのまれている。

「おのれっ、おぼえてろっ」

三人はすばやく目を見合わせ、倒れた仲間を見捨て逃げようとした。

「あ、君たちの仲間はまだ生きてる。つれていったらどうです」

沖田総司と呼ばれた若侍が呼びかけたが、三人は聞く耳を持たず走り去った。

「なんだ。つれていってくれると、五人そろって捕らえやすかったんだがなあ。まあ、連中もそう馬鹿でもないか。しょうがない。あ、そこの君、悪いが医者と役人をここへ呼んでくれないか」

やじうまの中にいた機敏そうな小者に駄賃《だちん》を手わたし、沖田は刀をおさめた。

「へいっ」

小者はいせいよく駆けていった。

「だいじょうぶですか、山南《さんなん》さん。護衛《ごえい》もつれず、一人歩きはぶっそうですよ」

沖田は侍に向きなおっていった。

「やあ、すまんすまん。急に、花を見たくなってね。だが、来て良かった。君に会えた。それに、京の春はやっぱりきれいだ」

山南は、たった今、斬られそうになったことなど、すっかり忘れたように目を細め、しだれ咲く桜をながめている。

「のんきだなあ、山南さんは。そんなことでは、また、土方《ひじかた》さんがしぶい顔をしますよ」

「土方君がしぶい顔をしてるのは、沖田君、君のせいだろう。この前も、あんなのんきな奴はいないって、あきれてたぞ。そういや、君は、今日、非番《ひばん》だろう? 花見に来たのか？」

「ええ。勇坊と。だんごを食ってたところです。あ、山南さんもどうですか」

「花よりだんごか。ほら見ろ、沖田君、君の方がのんきだろう」

「やだなあ、山南さん。のんき合戦してる場合じゃないですよ。さっきの連中は長州《ちょうしゅう》なまりでしたね。またねらって来るかもしれない。あとは役人にまかせて、行きましょう」

「よし。じゃ、だんごはみやげに買おう。持って帰って、土方君のしぶい顔をながめながら食うのも、また一興《いっきょう》だ」

山南がいい、笑った。

色白で愛嬌《あいきょう》のある山南は三十歳ばかり。笑うと、はなはだしくひとのいい顔になる。

沖田もまた笑いながら、茶店へ歩き出した。

「勇坊、行くよ。おだんごはおみやげにつつんでもらおう」

声をかけると、だんごをほおばった勇坊が出てきた。

「こっちにも、だんごをつつんでくれ。そうだな、二十もあればいいかな」

山南がいった。

さっきまで、血なまぐさい斬り合いをしていたのに、妙になごやかな空気が流れた。

沖田総司と山南敬助《けいすけ》、秋飛はこの二人が好きだった。

秋飛が見ているのは、映画の切れ端のようなシーンが飛び飛びにつながっているフィルム。それなのに、秋飛はこのフィルムを見ると癒《いや》される。

フィルムに流れているなんともいえない空気の穏やかさ、たゆたっているような時の流れが好きだった。

子どもの頃、納屋で見つけた映写機と古い映画フィルム。

この古くさい道具がまだつかえるとは、今日まで思ってもいなかった。だが、映写機はきちんと働いた。その内容から、幕末の新選組の映画らしいとはわかったが、このフィルムにはタイトルもエンディングもなかった。

実際の新選組は幕末の治安維持のためだけにつくられ、全体として、血なまぐさい殺し屋集団の印象がある。

それなのに、このフィルムに映ったひとたちはちがった。

なにより、死が背中まで迫っているのに、いつも明るく笑う沖田総司が好きだった。

激動の中、ゆらがぬ信念をつらぬいた新選組の剣士たちは、時勢がどうあれ、信じた道を突き進んだサムライにはちがいない。

もしかしたら、秋飛は、その姿に、亡くなったおじいちゃんを見ていたのかもしれない。

二か月前、秋飛の祖父であり、龍月館の道場主であった月倉恒道《つきくらつねみち》は急性肺炎で病院に運ばれ、一週間もたずに亡くなった。

恒道は、秋飛にとって、父代わり母代わりのおじいちゃんだった。

告別式は、おじいちゃんの弟子や親戚たちが集まってきて、秋飛の姉、春姫《はるひ》を喪主《もしゅ》にとりおこなってくれた。四十九日の法要と納骨もてきぱきと済《す》んだ。

けれど、秋飛はその間の記憶がほとんどなかった。

嵐のような一か月と、濃い霧の中でぼんやり佇《たたず》んでいたような空白の一か月。

その間、何かを考えるのが怖かった。

気がつけば二か月が過ぎていた。

残ったのは、おじいちゃんがいつも身に帯びていた愛刀、月不宿《つきやどらず》とこの道場だけ。

（おじいちゃんは、もう、この世のどこにもいない）

そんなこと、認めたくなかった。

そんな時、この古いフィルムのことを思い出した。思い出したら、やもたてもたまらず、納屋から映写機を持ち出していた。

もし、おじいちゃんが生きていたなら、毎日、こんなことをしていると、五感が鈍ると怒るだろう。

歩きながら音楽を聞いたり、携帯電話に目を奪われているひとを見ると「あれは、最もあほうな生き方や」と言い切ったおじいちゃん。

「人間とは心身でできている。身体は食べれば成長するが、心は、空気を嗅ぎ、風の音を聞き、あらゆるものに指で触れ、他人の瞳を見つめ、その声を聞いて、他者の内面世界や、目には見えない無限の世界を想像するから成長する。あのあほうな道具がそれをさまたげている」なんていったおじいちゃん。

日本人の体にはさほど牛肉や豚肉は必要ではないとかいって、玄米菜食が中心だったおじいちゃん。

だけど、秋飛や春姫には、ハンバーグを手づくりしてくれたおじいちゃん。

お酒を飲まないから、宴会に呼ばれてもすぐ帰って来たおじいちゃん。

宴会のごちそうには手をつけず、折箱に入れ、持って帰ってくれたおじいちゃん。

そんなことを思ったら、のどに熱いかたまりがこみあげてくる。

秋飛はそれを無理やり飲みこんで、おじいちゃんの愛刀「月不宿」の刀身をゆっくり抜き出した。月不宿は直刃《すぐは》だから、研ぎであらわれるきらびやかな乱れはない。刃先もシンプルな小丸。

鏡のように冷たく研ぎ澄まされ、実用的でシンプルな直刃はおじいちゃんの好みだったが、この月不宿は刃引であった。つまり、刃の部分をすべて研ぎ落としてある。

「研ぎ澄まされた刀や鏡には魂が宿る。呪《のろ》われた妖刀《ようとう》、村正の話は聞いたことがあるやろう？　満ちた真玉《またま》の月は、真魂《またま》に通じる。だから、不吉な魂が宿らないようにと、この刀は刃引にし、月不宿と名付けたそうや」

おじいちゃんはそういっていた。

でも、秋飛は、この刀に、死んだおじいちゃんの魂が宿ってくれたらどんなにいいだろうと思う。

ひとはなぜ生まれて、どうして死んでいくのか。死んで無になってしまうとしたら、ひとが生きて修練してきたことになんの意味があるのか。そんな思いにとらわれて、何もかもが空しく思えた。

現実が、ひどく、うすっぺらに感じられた。

映写機から映し出される細切れの映画は、そんな秋飛のシェルターだったのかもしれない。

フィルムのシーンは、新選組の屯所《とんしょ》の中に変わっていた。

「山南さん。これからは一人で行動してもらっては困る。新選組の総長ともあろう者が、不逞《ふてい》浪士の刃に倒れたとあっては、新選組だけではなく、幕府の威信にもかかわる。自重して頂きたい」

居室で、小言をいっているのは、しぶい二枚目の新選組副長、土方歳三《としぞう》。彫りの深い整った顔立ちだが、その眼光はするどい。

小言をいわれているのは、山南と沖田だった。

「土方さん。まあ、そうしぶい顔をしないで。おだんごを召し上がったらいかがです。うまいですよ」

みやげのだんごをほおばりながら、沖田がいう。

京洛《きょうらく》が震え上がったという新選組副長の人を射通すような目つきも、この沖田にはまったく通じないらしい。

山南は下をむいて、笑いをこらえている。

「いらん。そんな子どもの食い物を喜ぶのは、総司、おめえくらいだ」

土方はますますしぶい顔になる。

「あ、そんなことないですよ。山南さんだって、おだんごは大好きですよね」

「なら、勝手に食やぁいい」

土方はさらにしぶい顔でそっぽを向いた。

「土方さん。だんごに恨《うら》みでもあるんですか。こんなにおいしいのに」

「おめえこそ、そのだんごに毒でも仕込んだのか。なぜ、そんなにおれに食わしてぇんだ」

「毒なんか仕込みませんよ。土方さんの毒に勝てる毒なんか、どこにもありませんからね」

「なんだと」

土方のしぶい顔が、ついゆるむ。

それを見た山南もつい吹き出す。

その時だった。

障子《しょうじ》の向こうを、黒い影が走った。

そこにいただれもが、とっさに刀に手をかけた。

刀をつかんだ沖田は、すばやく障子をすべらした。

「待て、猫だ……！」

土方の声。

一匹の黒猫が、一瞬、画面をよぎった。


と、秋飛の手にした月不宿の直刃にも、一瞬、黒い影がよぎった。

カタカタカタカタ……

ふいに、映写機が空回りする音がひびいた。

見ると、途中で切れたフィルムがおどっていた。細切れの光が、水面の照り返しのように、あちこちに飛び交っている。

「もう、こんなところで……」

秋飛は映写機に近づいた。

その時だ。

道場の床を黒猫が駆け抜けた。

（え、黒猫っ⁉）

秋飛は、ドキンとした。

映画と同じ黒猫が横切るなんて、できすぎていた。

秋飛はつい、黒猫を追って庭に出た。

庭はシーンとしていた。

丈高く伸びた白萩の花が、雪のようにこぼれている。

青白い真玉の月が、こうこうとあたりを照らしていた。

静けさの中、自分だけが地に足がつかず、宙に浮いているような気がした。

(どうしたんだろう、この感じ……)

秋飛はとまどった。


と、門外で車が停車する音がした。

ドアが開き閉まる音。

「ありがとうございました!」

タクシーの運転手らしい声。

さらに、けたたましい笑い声。

「きゃははは っ」

姉の春姫の笑い声だった。

「ここ、あんたの家か？　えらい家に住んでるやな」

これは若い男の声。

「死んだおじいちゃんの道場なん。古くさいやろ。百七、八十年はたってるらしいわ。ただ古いだけ」

春姫の声はまた酔《よ》っぱらってる。

春姫は十七歳で女優になった時、完璧に標準語をマスターした。なのに、二十四歳になった今も、酔っぱらうと京都弁にもどってしまう。

一方、幼いときに両親を亡くした秋飛は、おじいちゃんの京都弁と春姫の標準語がごっちゃになってしまった。

ともかく、にぎやかな話し声が庭へ入ってきた。

「わっ。なんえ、秋飛。こんなとこで幽霊みたいに立って、何してんの!?」

庭に立っていた秋飛を見て、春姫がいった。

「真夜中に刀まで持って、ここ、どうもないか？」

春姫が、秋飛の頭をコンコンとノックした。

酔って、とろんとしていても、春姫は美人だ。

肌の色は透き通るように白いし、瞳が大きく睫《まつげ》が濃く長い。鼻筋が通って、唇《くちびる》は桜の花びらみたいだった。そして、髪は見事なロングストレート。

「春姫ちゃん、おかえり」

秋飛はいった。

「妹？　あんたとあんまり似てへんな」

そういったのはつれの男。

初めてだれかに会うと、よくいわれる一言。だが、その時は、ぞくりとした。

のっぺりした役者顔の男だ。

だが、その顔は笑っているのに、目だけが笑っていなかった。

その目がまるで品定めをするように、秋飛を上から下までながめた。

「そう。この子はおじいちゃん似、うちは母さん似やの。秋飛、今夜、このひとを泊めるから。どう、なかなか、ええ男やろ」

（ええ男？　これが？）

春姫は酔っ払うと、いつもこうだ。

自分は超美人のくせに、目つきの悪いのっぺりと、さわやかないい男の区別がつかなくなる。

「明日は遅出やし、起こさんといてよ、秋飛。ほなねぇ」

「おれは早朝ロケやで」

いい合いながら、春姫とのっぺり男は道場裏の離れへ入っていった。

離れは昔は客間だったが、今は、秋飛と春姫が寝起きしている。でも、春姫が男をつれこんだ時は、秋飛は道場の奥間で寝る。朝、のっぺりと顔を合わすのはまっぴらだから。

二人がいなくなると、庭はまた、さっきまでの静けさをとりもどした。

静けさの中、自分だけが地に足つかず、宙に浮いているような感覚がまだ残っていた。

奇妙だった。

春姫がまた新しいのっぺりをつれてきた。

それは、いやになるくらいリアルな現実。なのに、そのことより、さっき見ていた時代劇の一コマの方が秋飛にはリアルに感じられた。

流れ橋

秋飛は道場にもどって、戸締まりをした。

月不宿を道場の刀架《か》けにおいたが、なんだか不安だった。

せめて、おじいちゃんの形見の月不宿をまくらもとへおきたかった。

だが、やめた。

おじいちゃんは寝るとき、決して刀を自分のそばにはおかなかったから。

「武術者というのは眠りから覚める瞬間が一番あぶない。頭はまだ夢の中やというのに、危険を感じると身体が勝手に動くんや。いくら刃引でも、寝ぼけて刀を抜くようなことがあってはいかんからな。光太郎にもそうおしえた。もっとも、あいつは根っからのんき者で、蹴《け》とばしても寝ていたがな」

そういって笑ったおじいちゃんの顔が思い浮かんだ。

おじいちゃんの一人息子だった光太郎は、秋飛と春姫の父さん。

父さんは社会派のフリーカメラマンだった。

ライターだった母さんと職場結婚して、春姫と秋飛が生まれた。

その結婚十六年目に、父さんと母さんは紛争中のボスニア・ヘルツェゴビナに取材に入った。

この時、二人が乗った平和維持軍のヘリコプターが、飛行中、こつぜんと消えた。

山中で機体の残がいが発見されたのは二日後だった。墜落原因は、ロケット弾攻撃を受けたか、あるいは流れ弾にあたるかして、エンジンを損傷、不時着炎上したらしい。

父さんと母さんをふくめ、乗員四名が全員死亡した。

この国の紛争は、その後、二十万人の死者と二百万人以上の難民を出したという。

「この時期に紛争地に入ったのは無謀《むぼう》ではなかったのか」と、当時、いろんなひとがいったそうだ。

おじいちゃんはそういうひとたちとは二度とつき合わなかった。

「危険をおかしても、真実を自分の目でたしかめようとする者こそ、誠実な人間だ。見て見ぬふりの連中が何をいうか」といって。

でも、それは秋飛がまだ二歳の時。

だから、リアルな現実感はない。

それからの秋飛と春姫は、おじいちゃんに育てられた。

保育園や小学校で、みんなには父さんや母さんがいるのに、自分だけいないことがさびしかった。おばあちゃんがいないのは、おじいちゃんが若い頃に離婚したからだと知ったのもその頃だった。

姉の春姫は秋飛より七歳も年上だったので、あまり一緒に遊んだ記憶はない。

春姫は十七歳で女優になった。

だから、小さな頃の秋飛は、いつもおじいちゃんにくっついていた。


あれは、たしか、小学校へ入学した頃だったと思う。

はじめて、映画のロケを見た。

秋飛は木津川沿いの道場まで、おじいちゃんの出稽古《でげいこ》についていった。

木津川には、日本最長の木造の橋、流れ橋がかかっている。

流れ橋は増水時には橋桁《はしげた》が流れるように設計されていた。流されても、ワイヤーで繋《けい》留《りゅう》されていて、すぐまたもとどおりに橋を架けることができた。それで、流れ橋と呼ばれる。

おじいちゃんが稽古をつけている間、秋飛は道場から抜け出し、長い流れ橋を行ったり来たりして遊んだ。

川全体が、わおん、わおーんとひびいているような気がしたが、それは蝉《せみ》しぐれだった。川沿いの森や木々から、一帯をおおってしまうドームのような蝉の声がひびいていた。

その中、秋飛はポケットから古いフィルムの切れ端を取り出し、日の光にかざしてみた。フィルムには、数人のサムライがチャンバラをしている画像が何コマかつらなっていた。陽にかざすと、それらが、橋の床板や河原の砂に、ゆがんで映し出されるのがおもしろかった。

フィルムの切れ端は、おじいちゃんの留守に、納屋で遊んでいて見つけた。キラキラ光るフィルムは、どのコマも同じに見えた。が、よく見ると、サムライは少しずつ動いている。それがおもしろかった。

日はやや傾いてきたが、夏の日射しはまだまだ強く、フィルムはキラキラかがやいて乱反射した。それはまるで、光る鳥か、光る虫が、中空を飛び交っているようだった。

と、光が飛び散った中洲《なかす》あたりに、白く砂ぼこりが立った。そこから、男の野太いさけびが、こもったようにひびいてきた。刀を打ち合うような音も聞こえた。

（あんなところで、剣の稽古をしてる）と、秋飛は思った。

おじいちゃんの道場では、みんなが和服だったし、帯刀《たいとう》している人も多かったから、秋飛にとって、和服や刀といったものは珍しくもなんともなかった。

秋飛は中洲へ下りてみようとしたが、橋のたもとは川が深い。中洲へ下りるには、橋のまん中から中洲へ飛び降りるしかなかったが、橋桁は秋飛には高すぎた。それで、橋脚をつたい下りることにした。

と、砂ぼこりの立ったあたりで「ぎゃっ」という悲鳴と、何かが倒れる音がした。

秋飛は橋脚にしがみついたまま、声のした中洲を振り向いた。

砂ぼこりの中洲を歩いてくる青年が見えた。

白い夏絣《なつがすり》に袴。二刀を帯び、髪はポニーテールのように束ねている。

その時、橋脚をつかんでいた秋飛の手が、汗ですべった。

「きゃっ」

落ちる、と思った瞬間、ふわりと抱きとめられた。

秋飛の身体を下からキャッチしてくれたのは、ポニーテールの青年だった。白い夏絣のせいか、青年の姿はまぶしかった。

「やあ、こんな所でどうしたの？」

切れ上がった目が、さざ波のように笑っていた。

「おじいちゃんを待ってるの」

秋飛はこたえた。

「そうかい。でも、待ってるようには見えないな。どうして、橋にぶら下がってたの」

「あっちで、だれかが斬られたから、見に行こうと思ったの。お兄ちゃんが斬ったの？」

秋飛は、すなおにたずねた。

幼かったので、まだ映画やテレビで見るチャンバラと、現実の剣術は同じようなものだと思っていたのだ。

「あっちに行っても、だれもいないよ。おれは剣の稽古をしていただけだ」

青年は笑っていった。

「でも、だれか、ぎゃあっていったよ」

「ああ、あれはどら猫だよ。悪いいたずらばかりするから、こらしめてやったんだ」

「猫を斬ったの？」

「斬らないさ。こらしめただけだ。それより、君のおじいちゃんはどこに行ってるの」

「あっちの道場へ出稽古に行ってるの」

「へえ、おじいちゃんは剣の先生かい」

「うん。すごく、強いんだよ」

「そうか。そんなに強い人なら、おれも会ってみたいなあ」

「お兄ちゃんも強い？」

「どうかな。おじいちゃんの方がきっと強いよ。さ、橋の上へ上がって。河原や川底には昔からの色んなものがたまってるんだよ。いいものも悪いものもね。特に満月や新月の日は、昼間でも、そういうものが外へ出て来やすいんだ。小さな子は河原へ下りない方がいいよ」

「今日は満月なの？」

「そうだよ。ほら、もう、あそこに出てるだろ」

青年がゆびさした空には、まんまるのうすい月が見えた。

「ほんとだ」

「ねっ」

青年は笑うと、左の頬《ほほ》にえくぼができた。

ふつうにしていると、こわいくらい切れ上がった目なのに、笑うと、その目がさざ波のようにやわらかくなる。

秋飛は、その笑顔を、かわいいなと思った。

小さな子が、大きなお兄ちゃんをかわいいと思うなんて変かもしれないが、ほんとにそう思った。

ちょうどその時、おじいちゃんが流れ橋をわたって来るのが見えた。

秋飛はあわてて、ポケットからのぞいていたフィルムを隠した。納屋から、ないしょで持ってきたものだから。

「待たせたな、秋飛。帰りに、うどんでも食うか」

近づいてきたおじいちゃんがいった。

「うん。あのね、このひとが……」

いいかけた時、青年の姿は見えなくなっていた。

橋の下へ隠れたのかとのぞいてみたが、やはり青年はいなかった。

「おじいちゃん、お兄ちゃんがあっちで剣の稽古してたんだよ。白い刀が見えたの」

秋飛はいった。

「白い刀？　それはきっと、どっかのテレビか映画の撮影をしてたんやないか。ふつうは、真剣《しんけん》で稽古したりはせえへんからな」

おじいちゃんが「ふつうは」といったのは、おじいちゃん自身は研ぎ澄ました直刃の真剣や、刃引の月不宿をつかって稽古したからだ。

古流剣術と真剣は切っても切れない。かといって、道場や決められた場所以外では、むろん、真剣はつかわなかった。

中洲には、カメラやライトは見えなかったけれど、流れ橋は時代劇や映画のロケーションにつかわれることも多かったので、おじいちゃんはそういったのだろう。

（でも、あのひと、ほんとに俳優《はいゆう》だったのだろうか。それにしては、ナチュラルだったよなあ。その辺の路地から、ひょいと出てきたみたいで……）

その夜、秋飛はそんなことを思い出しながら、いつしか、ねむってしまった。

「ふわあぁ〜」

翌日、昼近くになって、間のびした声が庭から聞こえてきた。

離れから庭伝いにやってくる下駄《げた》の音。

「あら、秋飛。まだいたの。学校は？」

寝起き顔の春姫が、リビングへ来ていった。

「今日は退学届けを出すだけだから、昼から行くの」

秋飛は、もう決まったことのようにいった。

春姫にはなんの相談もなく決めたことだった。

なのに、春姫は一瞬驚いた顔をしただけで「へえ、そう」と、こたえた。

「朝ごはんある？」

春姫がたずねた。

「冷やごはんとみそ汁しかない。ベーコンエッグぐらいなら、つくろうか」

「それより、外へ出てモーニングにしない。苦いコーヒー飲みたいの」

酔いのさめた春姫は標準語のアクセントにもどっていた。

「春姫ちゃん。もうお昼だよ。どこへ行ってもモーニングはないよ。ランチだよ」

「じゃ、ランチに行こう」

「やだよ。のっぺ……いや、あの男のひとと一緒でしょ。二人で行ってくれば？」

秋飛がいうと、春姫はぎょっとした顔になった。

「オトコ？　あたし、昨日、オトコをつれて帰ったの？　どこにいるのよ、そのオトコ」

「どこって、一緒に離れに入っていったじゃない」

「覚えてない……」

春姫が愕然《がくぜん》とつぶやいた。

「じゃ、朝早く出ていったんじゃない。そのひと、早朝ロケだとか、いってたし」

「あ、そう。なら、いいや」

なら、いいって？

（ほんとにいいのか、それで！）

秋飛は突っ込みたかったが、がまんした。

秋飛と春姫は、お互いの生活に踏み込まないと決めたのだ。

おじいちゃんが亡くなってから。

「じゃあ、コーヒーだけ入れてよ。苦いのを。お酒、ちょっと残ってるんだ」

「お酒が残ってるんだったら、冷やごはんあったためて、おかゆをこしらえようか。梅干し入れたら、おいしいよ」

秋飛がいうと、春姫は「あ、それ、いいねえ」といいながら、洗面所へ行った。

歯を磨《みが》きながら「それで、あんた。仕事はどうするの。学校やめたら働く。それが鉄則よ」というもごもごした声がした。

「わかってる」

そうこたえたけど、仕事のあてはなかった。

「わかってるならいいわ。あたし、先にシャワーするわ」

すぐ、シャワーの音がした。

「あ、そうだ。秋飛、離れにあったあたしのデジカメ、どこかへやった？　消えてるんだけど！」

シャワーをつかいながら、春姫がさけぶ声がした。

「知らないよ。また、タンスのすきまとかに落ちてるんじゃないの！」

秋飛もさけんだ。

キッチンで、冷やごはんに塩とお湯を足し、弱火でぐつぐつ煮た。とろりとおかゆになったところで、火を切り、ふたをした。

「あ、そうだ……」

昨日の映写機もそのままにしているのを思い出し、秋飛は道場へ行った。

映写機も古いフィルムも、何事もなく、そこにあった。

昨夜、映画を映し出していた白壁の横には、ほとばしるような墨痕《ぼっこん》で「朝聞道　夕死可矣」と書かれた板額がかかっている。

「朝《あした》に道を聞かば夕べに死すとも可なり」

道徳の尊さを説いた孔子《こうし》の言葉。でも、これを書いたおじいちゃんは、それを武術体得の心構えとしてとらえていた。道を聞くとは、おじいちゃんにとっては、だれかに剣術を習うことではなかった。古流剣術を自分なりの方法でよみがえらせることだった。

（おれには弟子はいない。この道場へ来る者はみな、古武術を修練するという目的を持っている。同じ目的を持っている者同士が集まってきた。たまたま、おれが修練を長く重ねてきたので、知っていることはおしえる。それだけや）

そういうおじいちゃんの声が聞こえそうな気がした。

柔道、剣道などという言葉を、おじいちゃんは嫌っていた。

型通りの稽古を繰り返すだけでは、どんな技も研ぎ澄まされることはないって。生きた武術は柔術であり、剣術であり、勝負は一瞬、ルールはないのだと、おじいちゃんはいい切った。

世の武道家といわれる人たちからは無視されたが、おじいちゃんは平気だった。組織にも金儲《もう》けにもまったく興味のないひとだったから。

おじいちゃんがひたすら研鑽《けんさん》したのは、古文書に書き記された古武術の記録の分析とそれを自らの身体で再現すること。

現代ではホラ話だとバカにされてきたそれらの奇跡的な技や術を、おじいちゃんは自分の身体で体現することに没頭していた。

そして、実際、現代ではあり得ないと切り捨てられた古武術の体術、剣術などを、見事によみがえらせ実践《じっせん》してみせた。

「おじいちゃんはすごい。でも、勝手に死んでしまって、あたしはどうすればいいの」

秋飛は板額をにらみつけていった。

十七歳、まだ高校生の秋飛が、こんな道場を引き継いだところで、できることは何もなかった。

確かに、おじいちゃんからは古武術の身のこなしや、剣術は習った。

「でも、それがただの女子高校生になんの役に立つの？　おじいちゃん。あたし、おじいちゃんが生きてる間はいえなかったけど……本当は、春姫ちゃんみたいに映画に出てみたかったの。でも、美人の春姫ちゃんとちがって、あたしはこんなだし、武術をつづければ、おじいちゃん、喜んだでしょ。だから、つづけてた。だって、あたしから武術をとったら、あたし、なんにもないんだもの」

「……へえ、そうだったの」

背後から声がした。

振り向くと、身体にバスタオルを巻いただけの春姫が、おかゆを鍋ごと抱えこんで、スプーンですくって食べていた。

「春姫ちゃん。裸で立ち食いして、おまけに立ち聞きなんて、果てしなく行儀《ぎょうぎ》悪いよ」

秋飛がいっても、春姫は全然気にしない。

「それより、映画に出てみたかったたって、ほんと？」

春姫がおかゆをほおばりながらたずねた。

秋飛はうまくこたえられなかったので、とりあえずうなずいた。

「そっか……」と、春姫はうなずいた。

しばらくして、いった。

「じゃ、やってみれば。でも、あたしは手伝わないよ。もし、京映関係の仕事につくなら、仕事場ではあかの他人だよ。現場はあたしの戦場だから、あんたもそのつもりでいて。わかった？」

言葉はきびしかったけれど、春姫は認めてくれたことになる。

女優

数週間後、秋飛は仕事を見つけた。

子役、女優、男優募集。

学歴年令不問。

事務員や営業マンを募集する求人欄《きゅうじんらん》に、まるで、嘘《うそ》のように並んでたその文字。京映太《うず》秦《まさ》撮影所内　ワタベ・タレントプロ。

（あたしは美人じゃない、スタイルだっていいとはいえない。だとしても、あたしは行ってみる、ここへ……！）

すぐ、ワタベ・タレントプロへ履歴書を送った。

数日後、ともかく来てくれというので、四条河原町からバスに乗り約四十分の太秦にある京映撮影所まで行った。

バス停から少し歩いて右に折れると、突き当たりに撮影所が見えた。

きらびやかというより、すすけた雰囲気。

ここはかつて、日本中の映画会社が軒をつらねて、日本のハリウッドと呼ばれていたというが、秋飛には遠い伝説でしかない。今では、テレビの影響で制作される映画の数も減って、映画会社も撮影所もたくさんつぶれてしまったらしい。

かろうじて生き残ったのが京映撮影所。

そこで面接があった。

オーディションはなかったが、秋飛はあっさり雇《やと》われた。なんと、女優として。

それもそのはず、ワタベプロなんて、それらしいのは名ばかりで、つまりは、仕出し屋だった。

仕出しというのは業界用語でいう芝居もできるエキストラのこと。

つまり、弁当の仕出しのように、通行人五名とか、侍十名とか、町娘二名とか、それらしい扮装《ふんそう》をした人数を撮影班へ派遣するのが仕出し屋。

一般にいう大部屋俳優は映画会社の専属社員であって、ワタベプロはさらにその下請けになるようだった。

「仕出しはエキストラのエキスパートよ」

京映の演技事務所で、履歴書を見ながらそういったのは、渡部《わたべ》京子という小柄な中年女性だった。

肌が浅黒く、眉《まゆ》の濃い気の強そうな顔立ちで、物言いもずけずけと遠慮がなかった。

「あなた、演技経験はあるの？　ないのね。いいのよ。子役で妙なくせのついた子より、ずぶの素人の方がましよ。でも、日本語標準アクセントのテキストはＤＶＤかビデオで勉強しといてね。標準アクセントは首都圏のアクセントに近いけど、微妙にちがうところもあるからね。本気で女優を目指すなら撮影所内の俳優養成塾へ通ってもらわないといけないけど、ま、当分は、仕出しで適性を見せてちょうだい。高校をやめたのなら平日も仕事ができるわね。しばらく働いてもらって、見込みがあれば、専属になってもらうということでどう？　ただし、遊び回ってるような高校生は絶対ごめんよ。」

京子さんは大きな目で秋飛をにらんで念を押した。

その時、黒い大きなボックスを下げた痩身《そうしん》の男が、演技事務所の前を通りがかった。

「あ、ホンダちゃん。この子、見てよ。どう？」

京子さんが声をかけた。

「あら、新人？」

ホンダちゃんと呼ばれた男が振り返った。

髪は短く、色白で黒縁の眼鏡をかけている。面長で目が細く、愛嬌《あいきょう》のある顔をしている。

三十代後半くらいに見えた。

「いくつ？　名前は？」

ホンダちゃんがたずねた。

「十七歳です。月倉《つきくら》秋飛といいます」

「ま、宝塚みたいな名前ねえ」

ホンダちゃんは身をくねらせて笑った。中性的、いや、はっきり女性的だった。

「ちょっと、右向いてごらん。今度は左。下向いて。斜め上を見上げて……」

ホンダちゃんは、秋飛の顔を色んな角度からながめた。

「京子ちゃん。この子の顔、おもしろい」

ホンダちゃんがいった。

（どういう意味やねん）

心中、つっこんだ。こういう時はなぜか京都弁になる。

ホンダちゃんは、黒いボックスを演技事務所の受付の上にどさりとおき、パチンと開いた。まるで飛び出す絵本みたいに、ぎっしり並んだ化粧品がびゅんと飛び出てきた。

「わっ」

思わず、秋飛は声を上げた。

引っ張るだけで階段状にぐーんとのびる五段のパレットには、ドーランやファンデーション、シャドウや口紅、パフや、ブラシや、紅筆や、クリームや油紙や……色とりどりの正体不明の化粧品がぎっしり、店でも広げたように詰まっていた。

ホンダちゃんはその中から、五色のドーランと二色の口紅をへらのようなもので新品のパレットに取り分けた。

「ま、最初はこれだけあればいいわね。眉は少しカットしたほうがいいし、ニキビには気をつけなさい。肌は女優のいのちよ。今日は忙しいけど、今度、暇なときに、一度、メイクアップしてあげるわ。それまでは自分でなんとかなさいよ。たとえ、端役、仕出しであっても、ドーランなしで現場へ入るのは厳禁よ。ドーランはこの五色があれば、だいたい、どんな仕出しでもつとまるわ。濃い色は野生の色。そうねえ、時代劇でいうと、百姓や貧乏人、山賊、海賊、荒くれ者の肌の色。中の色は、商人、町人、浪人、侍の色。一番白い色は、殿さま、御殿女中《ごてんじょちゅう》、姫君の色。つまりね、陽に焼けやすい職業ほど、濃い色のドーランをぬるの。適度に混ぜ合わせてちょうどいい色をつくってもいいわ。まあ、秋飛ちゃんは女の子だから、山賊海賊はないだろうけど、漁村や山里の娘なんかは濃い色ね。町娘や商家の女は中の色。大奥のお中老《ちゅうろう》なんかは白い色って覚えておくといいわ。あ、っと。時間だわ、じゃあね」

たてつづけにそれだけいうと、ホンダちゃんは秋飛にそのパレットをくれて、足早に立ち去った。

「びっくりした?」

京子さんがきょとんとしている秋飛にいった。

「ホンダちゃんはね、ここのメイクアップの責任者よ。あんなふうに気さくだけど、スターのメイクも専属契約結んでいるわ。京映の専属俳優はもちろん、今売り出しの武田《たけだ》伶《れい》人《じん》もホンダちゃんの担当よ。なにせ、ホンダちゃんにメイクしてもらったら、カメラ写りが最高なの。あなた、得したわよ。そのうち、メイクしてくれるっていうんだから」

「京映の専属俳優の人たちと同じ現場になることもあるんですか」

秋飛はメイクのことより、そっちが気になった。

春姫といっしょになるかどうか。

でも、春姫のことは履歴書には書かなかった。

「もちろんよ。京映撮影所は時代劇のテレビドラマや本編《ほんぺん》が多いんだけど、あ、本編っていうのは映画のことね。京都を舞台にしたミステリーなんかも撮ってるの。だから、いろんな俳優さんと一緒になるわよ」

京子さんは演技事務所の白板に書かれたスケジュールを見ながら、いった。

「あ、そうそう。これ、身分証明書ね。有名俳優やスタッフは顔パスなんだけど、外部は門衛《もんえい》にとめられることも多いから、その時はこれを見せれば通れるわ。顔を覚えてもらえれば、顔パスもきくようになるけどね。ええっと、証明書の費用、千二百円。うちは明朗会計だから実費よ」

京子さんが手を出していった。

秋飛はあわてて千二百円を払い、「あのう、この化粧品の代金は?」とたずねた。

「それはホンダちゃんの道楽《どうらく》よ。もらっときなさい」と、京子さんは笑った。

「今後の仕事の依頼は、携帯に電話かメールするから、着信したら、すぐ返信すること。

すぐ返信がなければ、仕事はほかの俳優にまわすから。それから、ここは時代劇が多いから、仕事に入るときは、腰巻き、浴衣《ゆかた》、腰ひもを持ってきてね。腰巻きの色は赤よ。わかった？　わかったら、今日は帰っていいわ」

あっさり、京子さんがいった。

初めての仕事は翌週からだった。

俳優会館に入ると、京子さんが演技事務所から首だけ出した。

「ああ、秋飛ちゃん。あなたは竹中組の連続ドラマ『花天《かてん》新選組』の舞妓《まいこ》役だから。時間とステージは、俳優会館の外の掲示板を見てね。舞妓は支度《したく》に時間がかかるから、浴衣に着替えたらすぐ美粧《びしょう》室へ行って。あ、そうそう。ふつう、外注の役者には控《ひか》え室はないのよ。でも、うちは特別に控え室をもらってるから、お行儀《ぎょうぎ》よくね。控え室を汚したり、カツラや衣装をつけてから煙草《たばこ》を吸ったりは、うちでは厳禁。いいわね」

「は、はい」

いわれたことの半分くらいしか理解できなかったが、聞き返せなかった。京子さんの背中は、もう、他の仕事に忙殺《ぼうさつ》されていたから。

ともかく、俳優会館の表に出てみたら、掲示板があった。

今日、この撮影所で撮影されているあらゆる撮影班の予定が書かれていた。竹中組、松尾組とか呼ばれるのは撮影班のことで、竹中監督なら竹中組というわけらしい。

そして、撮影所内に倉庫街のように並んでいる屋内セットをステージと呼ぶらしい。

『花天新選組』の撮影は13ステージだった。

掲示板には、その日に撮影されるシーンナンバーや出演者の名も書かれている。武田と書かれた名にハッとした。

「武田は、まさか、武田伶人?」

その下に、美川とあった。

(春姫ちゃんかもしれない)

美川春姫は春姫の芸名だった。ほかに、ベテラン俳優の名がチラホラあったが、むろん、秋飛の名はない。「舞妓」一名と書かれた下に、ワタベプロと書かれているだけだ。

つまり、ワタベプロの仕出しが来るという意味。

ワタベプロの控え室は俳優会館四階の中部屋だった。

控え室へ入ると、横長の鏡のある畳部屋だった。

中年のほっそりした女優がいた。

「おはようございます」

秋飛が挨拶《あいさつ》すると、女優が振り返った。

「おはよう。新人?」

「はい。月倉秋飛です。どうぞよろしく」

秋飛はぺこりとお辞儀《じぎ》をした。

「私は森ちよの。どうぞよろしく。じゃ、秋飛ちゃん、ぼんやりしてないで浴衣に着替えて。あなた、竹中組の舞妓でしょ。舞妓のメイクは白塗りだからドーランではできないの。メイク、結髪《けっぱつ》、衣装と回るから時間がかかるわよ」

ちよのさんがあわただしくいった。

秋飛は浴衣に着替え、一階へ下りた。

最初に行ったのは、メイクと結髪のスタッフがいる美粧室。

入ってすぐガラスの戸棚があり、その中に、日本髪やちょんまげのカツラがずらりと並んでいた。

部屋中に、ドーランの匂い、髪を結うために使う鬢付《びんつ》け油の匂いが充満していた。

壁面いっぱいの大きな鏡の前には横長の化粧台があり、化粧台の椅子《いす》に俳優の背中が並んでいる。男優たちは、額になる肌色の羽二重を巻き、そこへカツラをかぶせてもらって、みるみる、ちょんまげの江戸人に変身してゆく。

その中に、まさしくアイドルスターの武田伶人がいた。

秋飛はドキドキした。

「おはようございます」

「おはようございます」

ちよのさんが、その部屋の全員に挨拶した。

みなが会釈《えしゃく》をし、武田伶人も、つと振り向いて軽くうなずいた。

鈴をはったような青みがかった瞳が、なんでもないのに、うるんでいる。まばたきすれば音をたてそうに、びっしりそろった濃い睫。整った横顔は頼りなげに小さい。

一瞬、その場にいた男も女も、みんなの目が、武田伶人にそそがれたようだった。空気までかぐわしくなった気がした。

武田伶人は女性より美しいといわれるのは本当だった。

線も細く、女装させれば、だれが見ても女性にしか見えないだろう。

「えっと、この子、竹中組の舞妓です。初めてなので、よろしくお願いします」

そんな中、ちよのさんが秋飛を押し出してくれた。

伶人のそばで振り向いたメイクさんは、ホンダちゃんだった。

「あなた。石鹸《せっけん》でていねいに洗顔してきた？」

ホンダちゃんは一言だけいった。

秋飛の顔を覚えていないようだった。

秋飛は洗面所で洗顔してから鏡の前へ座った。

かなり待たされてから、若い女性スタッフがムッとした顔でやって来て、秋飛の髪を、ぐいっと引っ張った。目がつり上がるほどきつく、髪を後ろでまとめられた。と、いきなり、浴衣のえりを大きくくつろげられて、秋飛はびっくりした。

とたん、「なに、これ。ブラジャーは外して」と叱《しか》られた。

「は、はい」

秋飛は恥ずかしくて、ごそごそ、浴衣の下で外したブラジャーを袖口《そでぐち》から抜き取った。

「時代劇のときはブラジャーしてちゃだめよ。衣装さんなら、もっと叱られるよ」

「すみません」

「次から気をつけて。はい、これを手の中で溶かして、顔と首筋によくすりこんで」

そういわれて手渡されたのは、ゆるく固まった鬢付け油。

鬢付け油は体温だけでほどよく溶けた。いい匂い。

「ていねいにぬりこんでね。いったん平均にぬり込んだら、さわらないこと。むらになるから」

ぬりこんでしばらくして、「ちょっと冷たいわよ」といわれた。

すぐ、うなじがひやりとした。水で溶いた白粉を刷毛《はけ》で塗られて、顔も首も白粉で真っ白になった。スポンジで白粉の水分をとってから、頬やまぶたに紅をぼかし、眉、口紅をひかれると、すっかり舞妓さんの顔になった。

メイクさんは去っていって、結髪さんが秋飛の後ろに立った。

若い女性が多いメイクさんとちがって、結髪さんは母親ぐらいのおばさんだった。よく肥えて、貫禄《かんろく》がある。

サイズを合わせてから、舞妓のカツラが頭にのせられた。

舞妓は前髪だけは地髪を使うらしく、カツラの前髪にかぶせるように、秋飛自身の前髪も結い上げられる。

「痛うない？」

結髪のおばさんがたずねた。

京都撮影所だというのに、撮影所内ではあまり聞けない京都弁のイントネーション。それだけで、メイクさんのとんがった目にビクビクしていた秋飛はホッとした。

「はい。大丈夫です」

「あんたのは年少の舞妓の髪型でわれしのぶっていうんよ。今日撮影するシーンは初夏やから、かんざしは藤か菖蒲《しょうぶ》やね。あんたは藤の花が似合いそうやから、藤にしようね」

結髪さんがいった。

「ありがとうございます」

思わず、礼をいっていた。

メイクさんとちがって、結髪さんが優しかったから。

「ええ子やね。新人は礼儀が大事え。なんぼきれいでも、礼儀知らずはこの世界では嫌われるから。あんたはそうやってだれにでも腰を低くしときよ」

結髪さんはにっこりしながらいった。

そのまま、秋飛は衣装室へ行った。

衣装室にはありとあらゆる衣装が並んでいた。

無数にある引き出しや、図書館の書架《しょか》のようにずらっと並んでいる大棚には、色とりどりの着物や帯がぎっしり積み上げてあった。

「竹中組の舞妓です。どうぞよろしくお願いします」

ちよのさんは先に済んでもういなかったので、自分でいった。

「清《せい》さん、竹中組の舞妓一人、たのみますぅ」

三十半ばくらいに見える衣装さんは奥にそう呼びかけ、秋飛を押しやった。

見ると、衣装室には、もう一人、舞妓がいた。

「春姫ちゃん、今日もきれいだねぇ。主役の女優さんの着物がよく似合ってるよ。監督もスタッフもきっと主役とまちがうよ」

衣装さんがそういったので、はじめて、それが春姫だとわかった。

春姫は白塗りしていると日本人形みたいで、一目では、春姫とはわからなかった。

衣装さんは菖蒲に流水模様の大柄の振り袖を春姫の肩に掛けていた。春姫は目鼻立ちがはっきりしてるから、鮮やかな大柄がよく似合う。

その春姫は、秋飛のことなんか、ぜんぜん知らん顔をしているので、秋飛はどうしたらいいのか、奥へ押しやられたまま、ぼんやり突っ立っていた。

すると、奥から、痩《や》せた小柄なおじいさんが出てきた。

髪は真っ白だが、眉は黒く長くて、目がぎょろりと大きい。

「庄司《しょうじ》。そうやって、いつも、その子に主役用の衣装を着せてたら、そのうち、演技課からにらまれるぞ」

おじいさんがいった。

「いや、清さん。僕はこの子を押し出すつもりなんだ。こんな美人、東京にもいないよ」

庄司と呼ばれた衣装さんが生真面目《きまじめ》な顔でいった。

「やれやれ」

清さんはそれ以上いわず、秋飛に花手毬《はなでまり》の振り袖を着せてくれた。仕出し用なのか、着せられた衣装はやや古くて色がくすんでいた。でも、振り袖も着たことのない秋飛には、充分きれいに見えた。

清さんはゆったり着せているようなのに、着付けはびっくりするほど早かった。

庄司さんがようやく春姫の帯を手に取った頃、秋飛はもうすっかり仕上がっていた。

「舞妓はんはすそを正面でこう持つ。左側で持つと左褄《ひだりづま》いうて、芸妓《げいこ》はんみたいに色っぽすぎるから、こうや」

清さんは長いすそをたくし上げ、秋飛に持たせてくれた。

その間にも、衣装室には次々役者が入ってくるので、衣装ができたら、春姫を待ってはいられなかった。

「ありがとうございました」

秋飛は一人で衣装室を出た。

俳優会館の外へ出ると、目の前を、三味線を抱えた仇《あだ》っぽいおねえさんが駆けぬけていった。ちょんまげの武士が自転車をこいでゆくのも見えた。

会館前にある大食堂はガラス張りになっていて、あらゆる時代の老若男女がたむろして、食事をしたりお茶を飲んだりしている。近代的な食堂に、侍や日本髪の奥方《おくがた》や娘や、ご隠《いん》居《きょ》や長屋の八っさん熊さんみたいなひとがぞろぞろいる。

不思議な光景だった。

でも、秋飛自身も、今はその不思議の中の住人だった。

日本髪に振り袖にだらりの帯、カツラと衣装は相当重い。

でも、歩くとこっぽりがこぽこぽ鳴った。可愛らしい音。

自分なのに自分ではないような、体は重いのに地に足がつかないような、おかしな気持ちで、倉庫のような13ステージの前までやって来た。

ステージの前には、五十代くらいの男優さんが浪人の扮装をして立っていた。

そのうち来るかと思っていた春姫もまだ来ないので、秋飛は13ステージの中へ入ろうとした。すると、「あ、だめだよ」ととどめられた。

「入り口のすぐ上にある赤い本番ランプ、あれが消えるのを待たなきゃ。ランプが点いている時は本番中だ。物音一つ立てても、煙草の火一つ点けても、ドアから余計な光が入っても、罰金ものだよ」

笑うと目尻にやさしいしわができる男優さんがいった。

それで、赤い本番ランプが消えるのを待った。

慎重にランプが消えたのを確かめてから、男優さんと二人で、重い鉄の扉《とびら》を押し開いて、中へ入った。本番直後のどよめきが、うねりのようにひびいてきた。

闇の中、現場だけが明《あか》あかとしていた。

江戸時代の武家屋敷のセットが見える。

ステージは床もコンクリートもない、地面は舗装《ほそう》していない道路のよう。

その上をカメラが移動し、照明の配線が砂ぼこりを立て、人々がいっせいに移動した。

セットを整える音、機材の音、咳払《せきばら》い、笑い声、次のシーンを指定する声、みんなが一つになって、13ステージの大屋根いっぱいに反響して秋飛をむかえた。

メイクさんが化粧ボックスを抱えて俳優に駆け寄る。

助監督と監督が何かを打ち合わせする。

三十人はいそうな現場スタッフも、指揮通りにすばやく動く。

かなづちや工具を腰に差したスタッフは、するするとセットの天井に上ったり、新しい建具をはめたりする。

床の間の掛け軸が取り替えられ、花がいけられ、錦絵のふすまがはめられた。

酒肴《しゅこう》の膳《ぜん》が運び込まれると、武家屋敷は一瞬で華やかな料亭の座敷に早変わりした。

監督と並んで、堂々と用意された椅子《いす》に座っているのは主役級の俳優たちだけ。

その他大勢の役者は作業のじゃまにならないように、セットの庭に掃《は》き寄せられたように集まっていた。

どこへ行っていいかわからず、あらたに、何度も繰り返されるテストをぼんやり見ていると「秋飛ちゃん、こっちこっち」と、仕出し役者の中からだれかが呼んでくれた。

仲居《なかい》姿のちよのさんだった。

京映の専属俳優らしい侍たちがしゃべり合っていた。

「今日は、剣会の役者が少ないな」

「逃げてるんだよ、みんな。武田さんから……」

「運が悪いよ。岡田組なら良かったのになあ。覚悟して、腹に板を巻いてきたよ」

「おれなんかさ、前に、思いっきり小手《こて》をやられちゃってさ、ヒビがはいったんだぜ」

「怖え〜〜〜」

そういう侍たちのそばを通って、秋飛はちよのさんの横に立った。

「早かったわね」

ちよのさんがいった。

「清さんに着せてもらったんでしょ。あのひとはねえ、この撮影所の生き字引みたいなひとでねえ。年だから、今は引退してて、忙しいときとか、難しい着付けが多いときなんかだけ、呼び出されるの。清さんに着せてもらうと、かなり激しく動いても着崩れしないし、着心地が楽なのよ」

話しているうちに、付き人を従えた美剣士姿の武田伶人と、舞妓姿の春姫が入ってきた。

仕出しの俳優たちが一斉に二人を見た。

「あの子、だれだっけ?」

スタッフの中からも、そういう声があがった。

オーラでは負けるにしても、主役用の衣装を身につけた春姫はその華やかな美しさで、武田伶人にさえ見劣りしなかった。

「京映の美川春姫だよ」

「へえ、きれいだねえ。舞妓の春雪の役だっけ?　ちょい役にはもったいないねえ」

そんな声も聞こえた。

同じ舞妓姿でも、秋飛が入って来たときはだれも注目しなかった。

ちよのさんが気づいてくれただけ。

（なのに、春姫ちゃん、すごい）

秋飛は悔しさより感心した。

「あれは、あの子の作戦よ。主役の武田伶人と一緒に現場へ入っていって、自分の美しさを監督やスタッフに見せつける。そうでもしないと、ここじゃ、誰にも注目してもらえないからね」

ちよのさんはいったが、監督は武田伶人を笑顔で迎えただけで、春姫のことはチラッと見ただけだった。

やがて、ちよのさん、秋飛の出番が来た。

「あんたたち二人、仲居と舞妓の立ち位置はここね。武田さんが廊下に出てきたら、君たちは遠巻きにする。浪士たちが武田さんに斬りかかったら『きゃあ』って感じで逃げてよ。いいね」

助監督は、ちよのさんと秋飛を廊下に立たせていった。

主役の武田伶人は、新選組の沖田総司。

対するは、討幕派《とうばくは》の浪士たち。

殺陣《たて》師《し》が、それぞれに殺陣をその場で教えていた。

「上段からカーン、はらってカーン、さばいてさばいてザーン」

立ち回りを振り付けながら殺陣師がいう。

素人《しろうと》が聞けば、なんのことかわからないけれど、秋飛にはだいたいわかった。

「カーン」は刀と刀がかみ合う音。「ザーン」はどちらかが斬られる音をあらわしているようだ。

仕出しや殺陣の斬られ役というのは脚本をもらえないので、現場ですべてを把握しなければならないらしい。剣戟《けんげき》の練習をつんでいる剣会のメンバーは、殺陣師から一度聞けばすぐできるが、外部の仕出しは大変なようだ。テストを繰り返すが、なかなかうまくかみ合わない。

(あぶないなあ)と、秋飛は思った。

竹刀剣道はやらないけれど、おじいちゃんから木刀をつかっての剣術や体のさばき方、受け身は習っている。その秋飛から見れば、外部の仕出しは動きがもたついてあぶない。

でも、一番あぶないのが武田伶人だった。

殺陣など、やったことがないようだった。あぶなくて、とても見てられない。

案の定、テストで「痛《つ》っ」という声があがった。

武田伶人の刀に、まともに脇腹を打たれたのは、ステージの前で会った男優さんだった。剣会の俳優は刀のあつかいをわかっているから、相手に当てたり負傷を負わせたりはしない。だが、素人はつい勢い余る。

「橋村さん、大丈夫か⁉」

スタッフが集まって来た。

「ごめんなさい」

武田伶人があやまった。

「いや、大丈夫……」

殴打《おうだ》された橋村さんはおだやかに立ち上がった。

「では、本番いきます。よーい、スタート！」

カチンコが鳴った。

ガラッ。障子が乱暴に開けられ、ふてぶてしい面がまえの十数人の浪士が立ちふさがった。

座敷には、具合いが悪いのか、沖田の羽織《はおり》をかけられ横になっている舞妓、春雪と、行儀良く座った沖田総司がいた。

「なんのご用ですか」

沖田はおびえる春雪をかばうように立ち上がった。

浪士たちはこたえず、目をギラギラさせている。

「……どうやら、この人たちはわたしに用があるらしい。春雪さん。ここにいなさい」

沖田が春雪にいった。

「このひとは、お座敷で無理な酒をのみすぎて具合いが悪いんだ。わたしに用なら、外へ出ましょう」

そういい、沖田は刀をつかんだ。

廊下に出たとたん、浪士たちはバラバラと中庭へ散った。

「まさか、ここでやる気ですか」

沖田が困った顔になった。

問答無用とばかり、浪士たちは抜刀《ばっとう》した。

「とりゃあっ」

真っ向うちにきた浪士の剣を避けもせず、沖田は鞘《さや》のまま、相手の喉元《のどもと》を突いた。浪士は声もなく昏倒《こんとう》した。

「おのれっ」

「幕府《ばくふ》の犬めっ」

口々にさけびながら、浪士たちが斬りかかった。

沖田の刀が鞘走った。

「ぐおっ」

「ぎゃっ」

獣のような声をあげて仲間が倒れても、浪士の一団はそれを踏みこえて来る。沖田は庭を走っては、一人ずつ倒した。

「きゃあぁっ」

何事かと、廊下へ出てきたほかの舞妓や仲居が悲鳴をあげるが、さっきの春雪はもうそこにはいない。

沖田はすでに数人を斬り倒していたが、ふいに咳《せき》こんだ。

その隙《すき》をついて、沖田の背後に斬りかかる浪士。身をひるがえし背後の敵を薙《な》ぐ沖田。

だが、さらに二の手三の手が迫って来る。

咳は止まらず、沖田は肩で息をした。ひたいに冷たい汗がにじんだ。

「総司っ」

弾丸のように、土方と一番隊の隊士が飛びこんできた。

どうやら、春雪が必死に呼んできたらしい。

多勢に無勢、形勢が逆転した浪士はいっせいに逃げだした。

「待てっ」

一番隊が追う。

「総司、どうした。あれぐれえの人数にやられるおめえじゃ……」

いいかけた土方に、じっとり汗をかいた沖田はにっこり微笑《ほほえ》んだ。

「少し、酔っ払ったようです」

「おめえが？　酒を？」

土方は不審そうに沖田を見た。

「カーット、オッケー！」

カチンコが鳴った。

彼方のひと

庭を吹き抜ける風が冷たくなっていた。

先日まで咲き乱れていた萩の花もすっかり落ちて、庭を歩くと、カサコソと冬の足音がした。

その夜の月も、磨いたような真玉だった。

秋飛は、また、そろそろと映写機を持ち出していた。

フィルムをセットして、道場の明かりを消す。

暗闇の中、映写機のスイッチを入れた。

ジージーとフィルムが回る。

シーン、シーンを適当につないだようなフィルムは、場面や登場人物や、時間の経過までがめまぐるしく変わる。

いくつ目かのシーンに、龍月館に似た道場が映し出された。

新選組の道場のようだ。

たった一人、沖田が木刀を手にして立っていた。

現代版沖田総司に扮する武田伶人は花のような美形だが、このフィルムの沖田の印象は鋼《はがね》のようだ。

目に強靭《きょうじん》な光がある。

その目を半眼《はんがん》にして、沖田は木刀を下段に構えていた。

ハッとして、秋飛は胸がしめつけられた。

それは、おじいちゃんが古流剣術を工夫してあみだした逆手抜きの構えに似ていた。

下段は上段より格が低いといわれる。

自分から斬りかかるというより、相手の出方を見る構えだから。

でも、秋飛はそう思わない。

攻撃の上段より、相手の出方で臨機応変の下段が好きだった。

いや、おじいちゃんの構えは、一般的な下段よりずっと剣先を落とし、自分の身に寄せてぶら下げる。右手は柄《つか》をにぎっているが、左は添えているだけ。

それは、刃物を持った暴漢に襲われても、傘や杖《つえ》を木刀代わりにして、瞬時に対応できる技だった。

（暴漢相手に、中段に構えれば片手で木刀をつかまれる。上段に構えれば、振り下ろす前に相手は頭から突っ込んでくる。こういう時は下段や。襲いかかってくる敵の武器や腕を打ち返そうと思うな。一瞬で膝を抜き、同時に、敵の耳、横ひざを撃つ。耳を撃たれれば、どんな人間もひるむ。膝を撃たれれば動けなくなる。敵を一瞬でひるませ動けなくする。それが護身の技や）

おじいちゃんの言葉が浮かんだ。

この場合の膝を抜くというのは、膝をかがめるという意味ではない。落ちるように膝と全身を抜き落とすと同時に、前後左右の重心移動をおこない、腕、肩、足が多方向に瞬時に動く状態をいう。

ボクサーが対戦相手にフェイントをかけ、一瞬で多方向に動くのに似ているが、おじいちゃんの動きはタメやバネにたよらない。だから、膝を抜くという。

秋飛は月不宿を抜き、映し出された沖田総司に向かって、じっと構えた。

二人で対峙《たいじ》しているような気がする。

おじいちゃんがいた時のように。

自分のまわりの空気も変わった。

凛《りん》、と、肌に触れる空気がひきしまるのだ。

静寂。

緊張。

映写機の音、庭の虫の音、風の音、すべてが意識から消える。

おじいちゃんがいた頃の道場がもどってくる。

秋飛は沖田を見つめた。

下段の構えから微動だにしない沖田のひたいに、幾筋か、乱れ髪が落ちていた。

伏し目がちのまぶたに、髪の陰影がゆらめく。

秋飛は一瞬、それが映像だということを忘れた。

にゃあ……

猫の鳴き声にハッと気をとられた。その瞬間、手がしびれて、秋飛は月不宿を取り落としていた。

「痛っ」

反射的に跳びのいた。

刃引であっても、真剣を足の上に落としたら大ケガをしかねない。とっさの動きだった。

「え？」

一瞬のち、混乱した。

（小手を打たれた？）

秋飛はズキズキする手首を見つめた。

「猫に気を取られるようではだめだ」

そういったのは、沖田だった。

しかも、その姿は立体的に見える。

「ええっ⁉」

秋飛は声を上げ、同時に、背後の映写機を振り返った。

カタカタカタカタ……

フィルムは空回りしていた。

切れたフィルムが空をおどって、細切れの光が、光る鳥か虫のように、あたりを飛び交っていた。

秋飛は、もう一度、正面を見た。

目の前に立っているのは、まぎれもなく沖田総司だった。

木刀をにぎった沖田は背が高く、肩がやや張っている。切れ上がった目が、まっすぐ、秋飛を見ていた。

その姿はプリズムを通過した光のように、妖《あや》しく七色にほのめいていた。

「こ、こんな、ばかなこと……っ。あなた、映像の中から出てきたの!?」

秋飛はさけんだ。

沖田はゆっくり首をかしげた。

「こんな馬鹿なことないわ。だって、あなた、映画フィルムに映ってたんだから」

「なんの事かわからないな」

沖田はにっこり笑った。

「あなたにわかんなくて、いったい、だれにわかるっていうのよ」

「道場で稽古をしていたら、いきなり真剣で向かってきたのは君だ。今は新隊士を募集中だけど、もしや、君もその一人? まさか、尊皇攘夷《そんのうじょうい》をとなえるばかりの乱暴者ではないだろうな」

「はっ？」

秋飛はかたまった。

「あのう、それって、映画の話？」

「えいが？　君のいうことはどうもわからないなあ」

沖田は、本当にわからないという顔をしていた。

（ええっ、ええっ）

秋飛は、歴史の教科書を思い出そうとした。

尊皇攘夷というのは幕末の政治運動のはずだ。たしか、天皇の権威を絶対化して、幕府が開国して外国と取り引きしたりすることに反対した思想だ。

（つ、つまり、このひとは、そういうややこしい過去からタイムスリップしてきたとか？　いや、そんな馬鹿なことないわ。映画のフィルムからタイムスリップしてくるなんて聞いたことないし。それに、映画に出ているのは本物じゃなくて俳優のはずよ。……とすると、このひとは沖田総司を演じた俳優？）

秋飛の考えにかまわず、沖田は珍しそうに秋飛をながめていった。

「北辰《ほくしん》一刀流の千葉道場には、千葉佐那子《ちばさなこ》っていう女剣士がいるって聞いたけど、本物の女剣士を見るのは初めてだなあ」

そういった顔は、子どもみたいにうれしそうだった。

「あたしだって、映画フィルムから出てくる人間を見たなんて、初めてよ。ともかく、あたしは月倉秋飛といいます。それで、あなたはだれ？」

秋飛は、あらためて相手の名前を聞いてみた。

「わたしは沖田総司」

「それは、映画の役名でしょ。ほんとの名は？」

秋飛は聞き直した。

「本当の名？　それはなんのこと？」

「じゃ、質問を変えるわ。ここはどこ？」

「新選組の屯所《とんしょ》ですよ」

（そうくると思った）

「ちがうわ。ここは、あたしのおじいちゃんの道場。龍月館よ」

いいながら、秋飛は思った。

（あたし、突然、落ちるように眠ってしまう眠り病にかかってしまったの？　……撮影所の仕事のせい？　『花天新選組』なんて仕事をしているから、へんな夢を見るのかも。

……待てよ。そっか、もし、これが夢ならこわくないじゃない！）

妙な自信が出てきた。

「じゃ、ここがあたしの家の道場だって、証明するわ。ほら見て、この板額。これは、あたしのおじいちゃんが書いたものよ」

秋飛は「朝聞道　夕死可矣」と書かれた板額が見せた。

「ほう……孔子ですね」

沖田は明るくいった。

「あなた、ほんとに、新選組の沖田総司なの」

「そうだろうと思いますが」

「だろうって、なによ。だろうって！」

秋飛は思わず大きな声を出した。

「では、お聞きしますが、君はどなたですか」

「だから、月倉秋飛だって……」

「まちがいないですか。いつ、月倉秋飛だってわかったんです。生まれた時のことを覚えていますか。どうして、月倉秋飛になったんです」

沖田がたずねた。

「それはそのう、おじいちゃんが月倉恒道で、その孫だから月倉秋飛なの。生まれた時のことは覚えてないけど……」

「それなら、わたしも同じです。幼名が沖田宗次郎《おきたそうじろう》。元服《げんぷく》して沖田総司になった。その前に何者だったのかは覚えていないし、生まれた時のことも覚えていない。君と、どこがちがいますか」

「だ、だって、あなたはフィルムの中に……！」

「フィルム？」

沖田は首をかしげた。

「これ、ほらっ、これ！」

秋飛は空回りしているフィルムを見せたが、沖田は首をかしげただけだった。

「なんのことかわからないが、新選組こそがわたしの世界です。剣の師である近藤先生がいる。兄のような土方さんと山南さんがいる。同志がいて、部下がいて、戦う理由がある」

沖田のことばに、秋飛はぼんやりした。

（そうだ。どこがちがうのだろう。むしろ、あたしが自分の世界にいる理由はなんだろう。毎日、フィルムを見ては、現実から逃げているのに。私には、自分の世界で生きて戦う理由があるのだろうか……）

そう考え出すと、足が地に着かない。

自分だけ、宙に浮いているような感じ。

もしかして、幽霊みたいに存在感がないのは、秋飛の方かもしれなかった。

「いいえっ、これはあたしの妄想にちがいない。きっと、そう！」

秋飛は決めつけ、沖田の頬をつねってみた。

「なにするんですか」

沖田がきょとんとした。

「つ、つねれたぁ〜っ」

「怒りますよ」

沖田が秋飛をにらんだ。

「痛かった？　痛みを感じた？」

「感じますよ、あたりまえでしょう」

「じゃ、あたしをつねってみて」

「いいんですか」

「いいの、やって」

「おもいきり?」

「もちろん!」

「では、しつれい」

沖田がぎゅっとつねった。

「いっ、いったあっ。力入れすぎでしょっ」

「おもいきり、といったのは、君ですよ」

「ちょっと待って。つねられただけで痛いということは、あなたに刀で斬られたら、あたしは血を流して死ぬのね」

「わたしも、君に斬られたら死にますよ」

「ちょっと、待って。それはどういうこと?」

「お互いに生きてるってことでしょう」

「なるほど。そういう理屈も成り立つけど……。いいえ。あたしの考えは、つまり、あの映写機を元通りにすれば、あなたはフィルムにもどるはずだってことなのよ」

秋飛は映写機のスイッチを切ってみた。

映写機は光を失って、道場は暗闇に沈んだ。

カクカク……カックン
闇の中で、映写機がとまった。

道場の明かりを点けたが、もう、そこにはだれもいなかった。

（やっぱり、今のは、あたしの妄想だったたってこと？　それって、かなりやばいけど……）

秋飛はフィルムをつないで巻きもどし、さっきのところから、もう一度、映写してみた。

「猫に気を取られるようではだめだ」

映画の中でそういわれたのは、秋飛ではなく、新入隊士だった。

秋飛はすこしホッとした。

映像はつなぎ目でやや乱れて、次のシーンにつながった。

「総司。近藤さんが呼んでいる」

道場の板戸が開き、土方歳三がむすっとした顔をのぞかせた。

「いやですよ、わたしは」

沖田は若い隊士に木刀を返し、自らの二刀を腰に差した。

「何がいやなんだ」

「いなくなった山南さんを、わたしに追わせようっていうんでしょ。土方さんのたくらみはわかっている」

「おれじゃない。近藤さんが、おめえに行ってほしいといっているんだ」

土方は顔色一つ変えずいった。

「いやです。近藤先生のおことばでもことわります」

沖田は強情にいった。

「山南さんを無事つれもどせるのはおめえしかいない。他の隊士が行けば血が流れる」

土方もゆずらない。

「いやだといったら、いやだっ！」

沖田の剣が白く鞘走った。

板戸が袈裟《けさぎ》切りに断ち割られ、上部の板がガラガラッと落ちた。

さすがにギョッとしたか、土方は落ちた戸を見下ろし、それから、口をへの字にひん曲げた。

「また癇癪《かんしゃく》を起こしたな、総司。おめえは、子どもの頃から短気でいけねえ」

「土方さんにそういわれちゃ、おしまいだ」

沖田はうすく笑ったが、顔は青ざめていた。

「子どもじみたまねはもうおしめえだ。ぐずぐずするな」

土方は冷たくいい放った。

「土方さん。それは副長命令ですか」

「いや、局長命令だ。それで足りなきゃ、副長命令もつけてやる」

土方はどこまでも冷たい顔でいった。

「近藤先生は、ほかに何かおっしゃいましたか」

「馬で行けとよ」

こたえた土方はもう背中を見せていた。

沖田は屯所から馬を駆って山南を追ったが、途中、番所《ばんしょ》で馬を乗りかえた。

「新選組のお馬にはかないませんが、これが、ここで一番速い馬です」

番所の者がいったが、沖田はすすめられた馬を避け「わたしは、こいつがいいな」と、別の馬を指した。

「その馬は歳を取っていますから、足が遅いですよ」

「それでいい。これにする」

沖田はいい、駿馬《しゅんめ》を老馬に乗り換え、大津へ向かった。

一方、追われる山南は、のんびり水辺を歩いていた。

夕映えの湖畔は、たなびく雲が百日紅《さるすべり》のような桃色に染まっていた。

山南は立ち止まって、その鮮やかな景色を眺めた。

遠く、馬蹄《ばてい》が聞こえた。

(早馬か？)

山南は耳を澄ました。

馬蹄は徐々に近づき、間近で止まった。乗り手が馬から降りたようだ。

山南は振り向かず、夕映えの湖を眺めたまま、刀の柄に手をかけた。

追って来ただれかを出会い頭に斬るか、話を聞いてから斬るかと、考えているようだった。

ゆったり、近づいてくる足音を、山南は背中で聞いていた。

「山南さん」

その声に山南は振り向かず、わずかに微笑んだ。

「ああ、沖田君か」

山南は柄においた手をそっとはなした。

「見てみろ。沖田君。空も水も、花のように薄紅に染まっている。こんな夕焼けは初めて見た」

山南がいった。

「きれいですね。……でも、わたしは追っ手ですよ」

沖田がやや当惑したようにいった。

「そのようだな」

山南は初めて振り向き、沖田を見た。

沖田は刀の柄袋《つかぶくろ》さえも解いていなかった。

「いや、そうは見えないな」

山南が笑った。

「だが、君をよこすとは、土方君はどこまでもひとの悪い男だ」

「わたしをよこしたのは、土方さんではなくて近藤先生です。わたしなら、のんびり追いかけて、山南さんに追いつかないだろうと思われたようです。ご期待にそむいちゃいけないから、途中の番所で、年寄りの馬に乗りかえてゆっくり来ました。ですから、もう、山南さんはこのあたりには、いらっしゃらないだろうと思っていたのですが……」

「うん、もう一足のばせば良かった。君が来るなら」

「わたしでなければ、どうするおつもりだったんです」

「むろん、斬るさ」

「では、わたしもお相手しましょう」

「いやだね。あんたには勝てない」

「何をおっしゃいます。山南さんは小野派一刀流、北辰一刀流皆伝《かいでん》だ。わたしもかないませんよ」

「そんなことはない。道場ならともかく、実戦で、沖田君に勝てるやつは、たぶん、この日本にはいないよ。あんたの突きは踏み出した足音が一つしか聞こえないのに、あっという間に三段突かれる。刃先が見切れないうちに、みな、殺《や》られている。そんなのはまっぴらだ。それにね、おれは岩城升屋《いわきますや》の襲撃以来、左腕がどうも不自由だ。君を相手に腕一本じゃ心もとない。二本でも足りないな。そうさな、三本はほしいね」

そういって、山南は快活に笑った。

「いやだなあ、そんなお化けみたいな山南さんは」

沖田もつられて笑う。

「沖田君。おれはね、屯所へもどれば、近藤さんと対立しなきゃならない。新選組はまちがった道を突き進んでいるんだ。それをいえば、近藤さんも怒るだろう。近藤さんが怒れば、おれは一命を賭《と》してでも意見するさ。そうなれば、おれも近藤さんも後ろへは引き返せない。新選組もだ。沖田君、時勢は新選組が進む道と逆へ流れているんだ。それも、奔流《ほんりゅう》のようにね。それに、会津藩と新選組だけが強硬にあらがっている。無駄《むだ》さ、無駄なんだよ、すべて。時勢は止められない」

「山南さん。今の時勢は幕府に取って代わろうとする薩摩藩《さつまはん》と長州藩《ちょうしゅうはん》が動かしているだけでしょう。それなら、時勢ってなんですか。わたしは少なくとも薩長《さっちょう》を尊敬できないな」

「尊皇《そんのう》だよ、沖田君。すべての日本人が尊ぶべきは帝《みかど》だ」

「そうらしいですね。でも、わたしは幕府直轄地《ちょっかつち》でのんきに育ちましたからね。幕府にも恩義があるなあ。……あ、そういえば、山南さん。まだ江戸にいた時、版刷りで、西瓜《すいか》みたいにまるい地球の絵を見せてくれたでしょう。あれは、すごかったなあ」

「そんなこともあったなあ。地球が西瓜の大きさなら、こうして、おれたちが見ている夕焼けは、うすい膜でしかないそうだ。その膜の下にへばりついて生きている人間が、やれ、帝だ、幕府だとかいって殺し合ってるのも、考えてみりゃあ、おかしなもんだね」

「まったく、おかしなもんですね」

「わかっていても、やめられない。因果《いんが》だねえ、侍ってやつは」

「因果ですねえ」

「因果な奴が二人並んで、うすい膜を見ているのか。……近藤さんなら、なんていうかな」

「おい、総司。腹が減らんか」

沖田が近藤の声をまねていった。

山南はほがらかに笑った。

「土方さんなら、どうおっしゃるでしょうか」

「何もいわんさ。一人、苦虫やら、しぶ柿やらを噛《か》みつぶしてるさ。どうせ、噛みつぶすなら、もっとうまいものにすればいいのに」

山南の返事に、今度は沖田が笑った。

「楽しいな、沖田君」

「ええ、楽しいですね」

夕日の湖畔に、二人の笑い声がひびいた。

花のような湖面は、しだいに薄墨色に暮れていった。


「秋飛！」

春姫の声で、秋飛は我に返った。

（え、あたし、また夢中になってた、このフィルムに。でも、妄想は始まってなかったよね。映画を見てただけだよね）

とっさにあたりを見回しながら、秋飛は思った。

「秋飛！　ちょっと、ちょっと」

春姫が、道場の入り口で呼んだ。

「どうしたの？」

「ちょっと、外を見て。そおっとよ」

「なに？」

「いいからっ」

春姫がヒステリックにさけんだので、秋飛は庭へ出て、生け垣の外をのぞいてみた。

人通りはない。

当然だ、もう午後十一時ごろになる。

（えっ……？　なにか、動いた!?）

秋飛はドキッとした。

十メートルほど先にある電信柱の街灯は、切れかかっていた。

青白い蛍光灯が、チリチリまたたいては消える。その向こうに、黒っぽい人影があった。

人影は、なぜか、ぐらぐらゆれていた。

（しまった、木刀を持ってくれば良かったかも……）

秋飛はぞくっとした。

だが、人影はぐらりと背を向け、ふらふらと去っていった。

男のようだ。

(なんだろう、あの男。こっちをうかがってたみたいだったけど……)

秋飛は念のためしばらく見張ってから、木戸を閉め、道場へもどった。

「どうだった?」

春姫が青い顔をしてたずねた。

「なんでもなかったよ。どうしたの?」

秋飛は男のことはふせた。

ほんとに、こっちをうかがっていたのかどうかもわからないし、春姫をこわがらせたくなかったから。

「そう。……じゃあ、いいの」

春姫はホッとしたようにいった。

「なにか、気になることでもあるの」

「ない、ない。ただね、今日は忘年会だったの。でも、帰り道に、ずっと後ろを歩く足音がしてたんで気味が悪くて。こんどから、帰りはタクシーにするわ」

「そうだよ。春姫ちゃんは目立つんだから。気をつけなきゃ」

「ん、そうだね。……あれ？　秋飛、何見てるのよ」

春姫が初めて映画に気づいた。

「納屋で見つけたの……」

秋飛は中途半端にこたえたが、春姫は「ああ、これ！」とさけんだ。

「これ、旧作の『花天新選組』よ！」

「え、これ、そうなの？　タイトル入ってないから、なんの映画かわかんなかったけど、これ『花天新選組』なの？　じゃ、今、京映で撮ってる『花天新選組』と同じ？」

秋飛はびっくりして聞き返した。

「そうだよ。今やってるのはリメイクだよ。今のは、製作段階では、主人公の沖田総司に武田伶人というのだけが決まっていたらしいの。でも、武田伶人って、旧作にくらべて、線が弱いんじゃないかって、もめたんだけど、まあ、かえって、その方が現代的で新しいってことで決まったのよ」

「旧作のこの沖田は、なんていう俳優？」

「ええっ、知らないの？　伝説のスターだよ。赤石覇王《あかいしはおう》っていうの。このひと、この沖田役で大人気になったんだけど、数年後に、沖田と同じ肺の病気で亡くなったのよ。まあ、それで、よけい伝説になったんだけど」

「ええっ、そんな頃も結核《けっかく》があったの？」

「覇王の頃の結核はたいてい治ったから、実は肺ガンだったたんじゃないかといわれてるわ。でもね、結核菌というのはね、どんどん変わって、古い薬が効かなくなるらしいの。今でも、新型の結核で死ぬひとはいるのよ」

秋飛は画面の沖田を見つめた。

（このひとは、おじいさんにならずに死んだのか……）

「『花天新選組』はね、新選組をあつかった映画やドラマの中でも傑作っていわれててね。しかも、映画になったほかに、もう一つの脚本があったたっていわれてたの。でも、その撮影途中に覇王が発病して入院したり、その後、映画会社も倒産したりして、どうやら、そっちの方は未編集で行方不明になったたって聞いたわ。だけど、これ、もしかして、それじゃない？　ちゃんとつながってないわね」

「うん。そうなんだ。細切れで、途中で終わってるの。でも、どうしてこれがうちの納屋にあったの」

「さあね。うちは父さんも母さんもマスコミ関係の仕事だったんだから、どこかから手に入れたのかも。あるいは、おじいちゃんが好きだったとか。新選組はね。これまでの小説や映画だと、この山南は脱走の罪で切腹させられ、その介錯《かいしゃく》をこの沖田総司がして、そりゃあ、泣かせるの。まあ、その後、沖田も肺結核で死んじゃうし、新選組も最終的にはボロボロに負けて、近藤も土方もみんな死んじゃうんだ」

「でも、このフィルムは物語が部分的につながってないし、途中で終わってるから、物語が先に進まないんだよね。山南はまだ死なないし、沖田も倒れるところまではいってないよ」

「へえ。ということは、あたしがひいきの土方もいつまでもしぶい新選組副長なわけね。つまり、このフィルムの中では、みんな、人生のいい部分に閉じこめられて、いつまでも元気なんだ。そりゃあ、いいや」

春姫はクレジングクリームを持ち出し、顔をてかてかにしながらいった。

(え、春姫ちゃん。今、なにか、重要なことをいったような……)

秋飛は、てかてかの春姫を見つめた。

頭の中で、春姫と交わしたことばのエッセンスを反芻《はんすう》した。

（細切れのカット……フィルムの中……山南も沖田も死なない……みんな、人生のいい部分に閉じこめられたまま……あっ！）

さっきの奇妙な出来事を思い出した。

にゃあ……

そう、たしか、猫の鳴き声がした。

ハッと気をとられた瞬間、あのひとはあらわれた。

そして、あのひとはいった。

「なんのことかわからないが、わたしには新選組こそが世界です。近藤先生がいる。兄のようだった土方さんと山南さんがいる。部下がいて、戦う理由がある」と。

もしかして、あのひとは、本当に遠い昔に亡くなった沖田総司なのだろうか？

それとも、沖田を演じた俳優の赤石覇王なんだろうか？

（どちらにしても……途中までしかないフィルムの切れ端に、だれかの魂が閉じこめられていたとしたら？　そしたら、その魂は、ずっと生きているんじゃないだろうか、元気なままで……）

考えたが、うまく整理がつかなかった。

（今、あたしに起こっていることは、いったいなんなんだろう）

「秋飛。どうかしたの？」

てかてか顔の春姫がのぞきこんだ。

コールガール

年を越して、ちらほら、桜が咲く季節になった。

撮影所の仕事に慣れてくると、秋飛はこの世界がどういう所か、わかってきた。

撮影所では、封建社会がまだ生きている。

つまり、将軍家、大名、士農工商といった身分制度のある封建社会。

時代劇の話じゃない。

将軍家はこの場合、映画やドラマのプロデューサーやスポンサーのこと。

大名はスターや有名監督。

それに仕える武士が指揮系統のスタッフで、脇役俳優や一般スタッフはそれぞれ農工商あたり。

中身がだれでもいいような仕出しやエキストラはそれ以下。

人ではなく牛馬みたいなもので、心のある人間あつかいはされない。いや、今は撮影につかう牛馬の方が貴重で、ずっと大切にあつかわれる。

秋飛たち、外部の仕出しはもっと下。

例外があるとすれば、剣会の斬られ役。

この人たちはいわば職人だから、腕の立つ職人は重宝された。

つまり、職人は工に入る。

撮影所の外の社会では、あからさまに職業差別をされることは少ない。どんな職業の人も表向きは平等である。だが、撮影所内ではそんなルールも礼儀も遠慮もまったくない。

これまで、秋飛がやった仕出しは、ただ道を歩く女とか、畑をたがやしている百姓娘とか、商家の仲居とかが一番多い。

これら仕出しは、せいぜい画面にすれば数十秒か数分のカットで、仕出しは町の風景や、田舎の風景のパーツにすぎない。だから、扮装をして現場に入ってから五、六時間はあたりまえに待たされる。

撮影はスターから先に済ませるのが基本。

まあ、そんなことには慣れた。

でも、今日の仕事はひどすぎた。

本編『花の吉原百人斬り』の撮影で、学生アルバイトのエキストラも入れて、若い女の子や大部屋の中年女優まで、たくさんの仕出しが集められた。

映画の主役は若手のアイドル女優だった。

貧しさゆえに吉原へ売られてきた農民の娘が、その美貌《びぼう》と才覚《さいかく》で、切見世《きりみせ》の女郎から吉原太夫へとのし上がってゆく中、真実愛し合った男のうらみをかってしまう物語だった。

切見世というのは、時間ぎめで客と接した低級な遊女屋のこと。

吉原太夫が大名や大金持ちを相手にする最高級のコールガールだとすれば、切見世の女郎は庶民相手の低級なコールガール。

その切見世女郎を演じる女優たちの中に春姫がいた。

秋飛が春姫と同じ組に入ったのは、撮影所に来て二度目のことだった。

春姫は、もちろん、セリフのある役をもらっていて、仕出しの秋飛とは立場がちがっていた。だから、秋飛は春姫に近づかないようにしていた。妹が仕出しだとわかると、春姫が馬鹿にされると思ったから。

集められた二十人もの女優はみんな、切見世女郎の役。

春姫も、アイドル女優の朋輩《ほうばい》の女郎役だった。

でも、春姫はアイドル女優よりずっときれいだった。

「このカットは、ロングで各女郎部屋をなめていって、最後に、春姫さんと客の表情に寄ってとらえますから」

助監《じょかん》さんが説明した。

切見世の女郎は首を白塗りし、大きく襟《えり》をぬき、しどけなく乱れた感じで赤い長襦袢《ながじゅばん》を着せられる。ブラジャーをつけていないから、うつむけば裸の胸が見えてしまうくらい着付けはゆるかった。それで、襟元を糸でとめているエキストラの子がいて、監督にひどく怒られていた。

その時から、現場がかなりピリピリしていた。

「カメラは各女郎部屋を俯瞰《ふかん》して撮ってゆくから、あんたたちは、顔や手足の表情、動きを出してよ。カメラから見えるようにね」

岡田監督は、女郎役の女優たちにいった。

そして、客に扮した大部屋男優たちには、こっそり、いいつけた。

「本番入ったら、客の君たちは、女郎の胸に手を入れたり、すそを割ったりして、カメラに見せて。女優がいやがっても、強引にやる感じでもいいから」

そんなこと、秋飛は全然知らなかった。

ワタベプロの仕出しのギャラは一回六千円だけど、現場で本番に入ったら、仕出しはめったにNGを出せない。

仕出しがNGを出したりしたら、スタッフキャスト全員から罵倒《ばとう》される。それとわかっていての指示だったようだ。

でも、秋飛の相手役はいいひとだった。

「ひどいんだ、あの監督は。役の契約結ばずに、仕出しにただでセリフいわせたり、現場で新人女優に圧力かけて脱がせたりするんだよ。あ、大丈夫。本番入っても、演技でさわるまねするだけだから。着物の中に手を入れるけど、いいね」

と、その男優はいった。

秋飛はうなずいた。仕出しであろうと、役が決まればやるしかない。

「よーい、本番!」

助監さんがさけんだ。

カチンコが鳴って、秋飛は、初めて男のひとに胸をさわられた。

数分のカットがすごく長いように思えた。たった六千円の仕出しでそんなことをされている自分は、まるで、本物のコールガールのようだった。

でも、あとで、そのひとには感謝した。

カメラ前で騒ぎが起こったからだ。

「カーット!」の声と「どういうつもりだ!?」という怒声が同時に聞こえた。

怒っているのは監督で、怒られているのは春姫だった。

春姫の相手役の男優は片頬をおさえて、ニヤニヤしていた。

その男優に見覚えがあった。

(あ、のっぺり!)

たしか、春姫が酔っ払って一度だけ家までつれてきた男だった。翌朝、春姫はそのことをあまり覚えていなかったけれど。

「どうしたの?」

秋飛はまわりのひとたちに尋ねた。

「美川さん、いきなり、着物をはだけられたんだって」

「胸がポロッよ」

「それで、なぐったの?　相手役を!?」

「そうらしい。そりゃあ、いきなり、おっぱいまる出しにされちゃたまらんよ。だれだって」

みんな、春姫に同情的だった。

でも、監督が怒っているのは男優ののっぺりではなく、春姫の方だった。

「何があろうと、カメラがまわっている内は役者だろ。カットがかかるまで、きちんと演技しなさいよ」と、監督。

「あたし、脱ぐ契約なんてしてません。そのフィルム、つかわないでください」

春姫は負けずに監督をにらみ返していた。

「なんだと」

監督の顔がひきつった。

監督は内心、いいカットが撮れたと思っていたのかも知れない。

「文句があるなら演技事務にいいなさい。君はもう帰っていい」と、監督は春姫を現場から追い出した。

「春姫ちゃん！」

秋飛は春姫に駆け寄った。

春姫はひどくこわばった顔をしていた。

だけど、泣かなかった。

「大丈夫だから……」といって、一人で現場を出ていった。

秋飛は、ステージの外まで出て、去っていく春姫を見送った。

「あんた、あいつの妹やったな、たしか」

後ろから声をかけられた。

ドキッとして振り向くと、のっぺりが立っていた。

「どや、姉ちゃんより有名になりとうないか。おれのいうとおりにしたら有名にしたるで」

のっぺりがいった。

一見、ハンサムに見える笑顔だが、その目は笑っていない。

（このひとは怖い……！）

秋飛は本能的に思った。

のっぺりのこわさは、乱暴とか、意地が悪いとか、そういう種類のものじゃなかった。

もっと底の深い、正体のわからない怖さだった。

「いえ、あたし、けっこうですから」

秋飛はその目に負けずにこたえた。


撮影が終わってから撮影所を探したが、春姫はもういなかった。

秋飛は大急ぎで家へ帰った。

現場ではのっぺりをなぐりとばした春姫だが、家では、布団にくるまって泣いていた。

「フィルム、つかわないでいてくれるって？」

秋飛が聞くと、春姫は首を横に振った。

「つかうらしい。演技部長が話してくれたんだけど、監督が譲らないんだって。その代わり、ギャラをはずんでくれるって。あいつらにとっては、あたし程度の女優はお金でなんとかなるって思ってるのよ」

吐きすてるように、春姫がいった。

「あの相手役のひと、春姫ちゃんが一度つれて来たひとだよね」

「ん。秋飛にはいわなかったけど、あれから、あいつ、撮影所でも、あたしにつきまとうようになってたの。それだけなら、あたしにも責任があることだから仕方ないけど、あいつ、どういったと思う？『恥ずかしい写真をばらまかれたくなかったら、おれが紹介する仕事をしろ』っていったの。あの夜、あたしが寝てから、うちにあったデジカメで。あたしの裸を撮ったらしい」

「ええっ、そんなの、犯罪じゃないのっ」

「ん、あいつね、スジモノの俳優だったの。馬鹿ね、あたし、それに気がつかなくて……」

「スジモノって？」

「暴力団がらみなの。芸能界って、そういうつながりが時々あるのよ。いやな話だけど。つまり、売れない女優と男女の関係になって、アダルトビデオや風俗がらみの仕事をさせる連中。その罠《わな》に、あたし、はまったのよ。でも、ことわった。そしたら、あいつ、あんな事を……」

「でも、今日のは監督の指示でしょ」

「そうだけど。監督は『本番では、カメラに見えるように、女の子の胸に手を入れてさわって』って、いっただけだから。あそこまでしたのは、あいつが勝手に……」

春姫はそういって、両手で顔をごしごしこすった。

「良かった……おじいちゃんがいなくて。生きてたら、女優をやめさせられちゃう」

「そんなことないっ。おじいちゃんがいたら、春姫ちゃんをまもってくれたよ。あんなやつ、おじいちゃんがいれば、全然かなわないんだから！」

秋飛は大きな声でいった。

春姫はびっくりしたように、秋飛を見た。

「秋飛……。ちがうよ」

春姫は泣きはらした目で秋飛を見つめた。

「秋飛、大人になるってことは、外で働くってことは、たった一人で戦うってことなんだよ。おじいちゃんはまもってくれないのよ。まもりたくても、まもれないいんだよ。家族でも、仕事が別々なら、大人はみんな一人で戦うの。あたしだって、これまで、いやなことはいっぱいあった。真冬の川へ落とされるような仕出しもしたし、しばられて木につるされたり、首つり死体なんかもやった。やったひとしかわからないと思うけど、死体の役っていやなもんよ。演技だからあたしの身体は生きてる。でも、心が死にそうになるの。主役で殺されるのと、最初から死体でしかないのとは全然ちがうわ。死体は物体。物体の死体は、主役とちがって心も人生もないのよ。あれをやる時の孤独ってないわよ」

「だけど、春姫ちゃん。春姫ちゃんはスカウトされてデビューしたのに、仕出しなんか、いつやったの？」

秋飛が聞くと、春姫はさびしそうに笑った。

「秋飛。スカウトされたなんて嘘よ。そうでもいわないと、おじいちゃん、女優になることを許してくれなかったし。それに、京映の専属俳優はみんな仕出しを体験してるの。今は、アイドルや歌舞伎役者や東京の有名劇団出身のひとが主役をやる時代だから。映画会社の専属俳優は仕出しか、せいぜい脇役しかやれないの。だから、おじいちゃんや秋飛には、比較的いい役をもらった時しかおしえなかったの」

「そうなんだ……」

「それにね、ミステリーだと、猟奇《りょうき》殺人なんかの撮影があるでしょ。裸で女のひとが殺されたりする、あれは、特別に、そのためだけに脱いでくれる女優と契約するのよ。でも、その現場って奇妙よ。スタッフや男優や、男という男は、死んでるはずの女の身体をなめるように見るの。女から見たら、すごく不快な熱気が立ちこめるのを感じるわ。それなのに、脱いだ女優はさめざめと死体になりきるの。それは心のスイッチを切っているからよ。見も知らない男たちの前で裸になって平気な女はめったにいないわ。だから、そういう女優はみな、現場では自分の心を殺すの。生きた女の心を殺して死体になりきる。裸体という物体になる。そうやって、自分をまもる。そういう女優のギャラはむろん仕出しよりずっと高額だけれど、いくらでも代わりがいる物体という意味では同じよ。あたしたちは人間じゃない。仕出しという物体、裸体という物体にすぎないのよ。あたしは、家ではおじいちゃんの大切な孫娘だったけど、撮影所へ行けば物体だったのよ。それに一人で耐えなければいけなかったの。おじいちゃんは撮影所にいるあたしを助けることはできないの、ぜったいに」

「でも、そんなひとばっかりじゃないでしょ。もし、そうだったら、あたし、もう、男のひとが信じられない」

「もちろんよ。どういう女優に対しても敬意をもって接してくれるひとだっているわ。でも、少数よ。あたしが知っているひとなら、ホンダちゃんや剣会の橋村さんなんかはそうね。スターにはめずらしいけど、武田伶人もいいひとだわ。そういうシーンの時は、女優さんに失礼だからって、いつもはなれた場所にいるわ」

「あいつは？　のっぺりは？」

「あいつは、あたしの前ではクールだったの。そんな撮影をむらがって見たりはしなかったわ。でも、それは、あいつが、さらに女を見下して、金儲けの道具に思ってたからなのね、今から思えば……あたしって、すくいようのない馬鹿ね……」

春姫はすっかり落ち込んでしまった。

「春姫ちゃん。あっちで、コーヒーでも飲もうか」

秋飛がいった。

「うん、そうしよう」

二人で、離れから道場へ移動した。

「この頃ね、だれかにつけられてるような気がしてしかたなかったの。もしかしたら、それも、あいつかも……」

春姫がぽつんといった。

「大丈夫だよ。いざとなったら、あたしが木刀でやっつけてやる。あたし、これでも、おじいちゃんの一番弟子だよ」

「そうだね、たのむよ、マイ・ボディガード！　あたし、今日、撮影所の帰りにね、警察署へ相談に行ったの。もし、これ以上のことがあれば、恐喝《きょうかつ》で訴えるつもりよ」

春姫がやっと笑った。

道場に春姫を座らせ、秋飛はコーヒーを入れた。

日が暮れ始めた庭をながめながら、二人で熱いコーヒーをすすった。

「まあ、しょせん、あたしたちは映画界にとってはゴミみたいなもんだからね。でも、あたしはゴミならゴミの意地を見せてやるわ。ゴミって決めたのはあいつらで、あたしじゃないわ。あたしは自分だけの力で、このゴミためからのし上がってやるの。あたしはいい作品の主役がとれるなら脱ぐわ。ちゃんと契約を結んでね。弱い立場の俳優に無理な仕事をさせる連中や、あんな脅《おど》しまがいをする奴はゴミ以下の泥棒よ。遠慮してたら、ボロボロのカスカスにされる。あたしは負けない」

そういった春姫は目を泣きはらしていても、見とれるほど美しかった。

でも、春姫は見かけの美しさで男に媚《こ》びることはない。

酔っ払うと、すぐにのっぺり男を誘惑してくる悪いくせがあるけれど、それで夢中になるとか、おぼれるとかいうところがなかったし、いつも、どこかでさめていた。

秋飛は春姫と同じ女子高に進んだが、社交的だった春姫とちがって、在学中の秋飛は、現実の男の子とはつき合ったこともなかった。

「春姫ちゃんはいつでもすごいね。でも、あたしはだめだ。おじいちゃんがいなくなったら、たった一つの取り柄《え》だった武術もやる気がしないの。全然だめな人間になった気がして、この頃、落ちこんでたんだ」

正直にいった。

「秋飛。秋飛は全然だめなんかじゃないよ。おじいちゃんと一緒に、武術を九歳から十七歳までやったんだよ。えらいよ。だめなのはあたし。だけど、あたしは、だめな自分に負けないって決めたの。あたしは高校もおもしろくなくて落第したでしょ。その時、思ったんだよね。あたしはだめな人間なんかじゃない。好きなことなら頑張れるって。だから、女優になろうと決心した時、学校をやめるって、すぐ決めたの。で、今、好きな仕事を目指してる。それなのに、ここでだめになったら、あたし、ほんとにだめ人間になる。ここでは逃げない。踏ん張るって決めたの。だから、自分を売り込むことはなんでもやるわ。それが仕事なんだもの。だからね、秋飛が映画の仕事をしてみたいっていった時、ちょっと腹が立ったの。なんだか、適当におもしろ半分にしたいのかなって、思って。そういう適当な人間に、あたしの聖地を荒らされたくないなって、そんな気持ちになった。だから、冷たくした。……悪かったね」

春姫はそういって笑顔になった。

「春姫ちゃん。そんなこと、話したの初めてだね」

「秋飛も、これまで、何も話さなかったじゃない」

「あ、そういや、そうだ」

二人で笑い合った。

二人総司

「ねえ、秋飛ちゃん。美川春姫ちゃんに聞いたんだけど、あんた、妹なんだって？　おまけに、剣術ができるってほんと？」

演技事務所で京子さんに聞かれた。

「は、はい」

「どのぐらい？」

「どのぐらいっていわれても、うちの道場は段位がないんです」

そうこたえたとたん、京子さんの目がかがやいた。

「え、ということは、あんた、道場主のお嬢さんってこと？」

「はい。でも、普通の剣道じゃないんです」

「普通でも普通でなくてもいいわよ。なんで、それを履歴書に書かないの」

「あの、いや、ちがうんです。あたし、普通の剣道みたいなことできないです。全然、ちがうんです」

秋飛は必死でいった。

おじいちゃんに習ったのは本当の意味の剣術。

いきなり、刃物で斬りかかられたらどうするか。

自分が棒や武器を持っていない場合はどうするか。

後ろからはがいじめにされたらどうするか、といった古武術だった。華やかな竹刀剣道とはぜんぜんちがっていた。

「いいのいいの。わかったわかった」

ぜんぜんわかっていない京子さんがうなずいた。

「あなた、今度から、武田さんの吹き替えやってちょうだい。わかった？」

わかるはずがなかった。

（吹き替えってなに？）

秋飛はきょとんとした。

「だからね、ちょっと立ち回りができればいいの。実はね、明日も武田さんの殺陣があるんだけど、彼、だめなの知ってるでしょ。それで、いつもは、むずかしい立ち回りは剣会の男優が吹き替えてるんだけど、武田さんて、ほら、女みたいに線が細いでしょう。フィルムに映ると、体格で別人だってわかるのよねえ。でも、あなたなら、女の子にしては背も高いし、体型も似てるし、おまけに剣術ができるんだったら、芝居が多少下手でもそれだけでいいってことになったのよ。どうせ、吹き替えだから、顔は映らないし。動きだけでいいの。はい、これ、脚本」

なんと、京子さんは脚本までくれた。

「脚本まで、もらえるんですか」

秋飛は緊張した。

「そうよ。主役の吹き替えだからね、堂々としてなさい。本番に入る前に、一度、読んでおいてね。それから、明日の撮影の前に、今日のうちに、ヅラと衣装合わせをしておいて。それが終わったら、今日のところは帰っていいわ」

京子さんにいわれて、秋飛は緊張して美粧室へ行った。

「いい仕事が回ってきて良かったね」

カツラを合わせてくれた結髪さんがよろこんでくれた。

沖田と同じ型のカツラを合わせ、オッケーが出た。

衣装合わせは清さんがしてくれた。

「もともと剣会の男優に合わせてるから、着物の裄《ゆき》と袴のすそは、もうちょっとつめた方がええなあ」

清さんがいった。

秋飛は、袴には子どもの頃から慣れている。

「ほう、あんた、刀の差し方をよう知っとるなあ」

清さんが感心した。

「あたし、おじいちゃんの形見《かたみ》の刀を持ってるんです。月不宿っていう刃引の刀なんですけど」

そういうと、清さんの目がかがやいた。

「月不宿やと。その名前は聞いたことがあるような……どこで聞いたんやろ。……あんた、良かったら、それを見せてくれんか」

「いいですよ。明日、持ってきます」

秋飛はこたえた。

おじいちゃんの形見の刀を見たいというひとがいる。それだけで、うれしかった。

翌日、撮影支度をする前に、月不宿を清さんに持っていったら、清さんは留守だった。

「今、試写室へ行ってるんだ」と庄司さんがいった。

それで、月不宿は庄司さんにあずけた。

その日は、すごいことに、メイクさんが優しかった。

武田伶人に似るようにメイクされたが、似るはずもなかった。

(でも、問題なし。どうせ、顔は映らない)

清さんがまだ留守だったので、衣装は庄司さんが着付けてくれた。

ロケだったので、スタッフと俳優合わせて二台のロケバスが待機していた。

ロケ地は浄土谷。

京映の時代劇のロケの多くはこの浄土谷近辺で行われる。

浄土谷は、大阪の府境まで一時間半ほど行った山中。鎌倉以前に清和源氏《せいわげんじ》の流れをくむ熊野地区の人々が移り住んだという村落だ。

「浄土谷ってさ、自殺者の名所なんだってさ。それがさ、三十体も出た仏さんは、みんな男だったんだって」

「ええっ。じゃ、もしかして男に恨みのある女の怨霊《おんりょう》なんかがいるんじゃないのぉ」

「いやあ、死んだら男の方がたたりやすいっていうから、昔、恨みを残したサムライとかがとりついてくるのかもね」

「そういや、新選組も戦ったっていう鳥羽伏見の戦いで、幕府軍が味方の裏切りにあってたくさん死んだっていう淀《よど》のあたり。あそこに千両松って場所があってさ。淀の競馬場の工事の時、そこの土を移動したんだよ。そうしたら、工事現場の人間が全員、夜な夜な、妙な声を聞いたんだってさ」

「どんな?」

「『もとへもどせ、もとへもどせ』……って。中には、ぼろぼろの誠の旗を振ってる侍を見た者もいたそうだぜ」

「ぎえええっ」

「それでさ、そんなのは気のせいだっていって、新しい人員を現場に派遣したんだけど、その新メンバーもまったく同じ声を聞いたってんで、けっきょく、その土は千両松にもどされたって、これ、ほんとの話だぜ。百何十年たっても、幕軍の兵士の魂はそこにいたってことだろうね。すごい話だろ」

「うう……なんまいだなんまいだ」

ロケバスの中で、剣会のメンバーが話している。

凄惨《せいさん》なうわさ話とはふつりあいに、浄土谷は桜が満開だった。

張り出した山桜がギシギシ、バスの窓をこすって、花びらが雪のように降ってくる。

秋飛はふと、千両松という場所にも、桜の木があればいいのに、と思った。

傷つき血を流したサムライたちの土に、桜のやわらかい花びらが降りしきるのを想像した。でも、桜は今、ロケバスに降りしきっていた。

バスに乗っている俳優は、新選組一番隊と刺客団《しかくだん》を演じる剣会のメンバー。それに村の女を演じるちよのさんと、吹き替えの秋飛、沖田総司の武田伶人だけ。

つまり、伶人をアップで撮るカットと、秋飛たちの殺陣シーンとうまくつなぎ合わせて編集するらしい。

秋飛はロケバスの後ろから、沖田総司の扮装をした武田伶人の背中を見ると、なんだかドキドキした。

花びらがあの沖田の上に降りしきっているようで。

まるで、あの沖田総司と一緒にいるような気がして。

秋飛は、武田伶人より、あの古いフィルムの沖田にこそ強くひきつけられていた。ものやわらかでのんきそうに見えるかと思えば、ふいにひとを寄せ付けない強い視線でひとを凍りつかせる。けれど、その目の奥には、いろんな色がまざっていた。痛み、哀しみ、焦《しょう》燥《そう》、殺気、諦観《ていかん》、さらに、許しと慈愛《じあい》の色さえも。

俳優の演技なのか、それとも、沖田総司というかつて実在した人物の存在感なのか。ただ、その目の色が、秋飛を強くひきつけてやまなかった。

到着した現場は、うっそうとした樹林にかこまれた古寺の近く。

バスから現場に出ると、「よろしくね」と、声をかけてくれたのは、あの時の男優さんだった。

はじめての仕事で、うっかり本番中のステージに入りかけた時、声をかけてくれた橋村さん。今日も刺客団か、浪人の風体をしている。

「若いのに、剣道できるんだって?」

「いえ。あたし、おじいちゃんに習ってただけで、ふつうの剣道とはちがうんです」

正直にいった。

「ふーん、そう。ちょっと、やってみようか」

橋村さんは腰の刀を抜いた。

「え、ここで?」

聞き返したけど、自分でもちょっと練習してみたかった。

（かるい……）

おじいちゃんの持っていた月不宿や木刀はずしりと重かったが、抜き合わせてみると、小道具の刀はすごく軽い。

それでも、両手で構えると、心がシンとする。

ここは山の中なのに、道場の匂いがただよって来るような気がする。

数度、素振りをしてみた。刀の柄がかすかな音を立てた。

「ふーん。受けてみてくれる?　いい、刀を合わせて、いったん、退きはなれる。おれが空振り、振り向きざま、君がおれを斬る」

橋村さんがいった。

「はい、カーン。退きはなれて、おれ、空振り、君、振り向き、おれをザーン」

橋村さんは刀を合わせながら、歌うようにいった。

でも、テンポが合わない。

おじいちゃんにならった古剣術は動きにタメをつくらない。うねらない。ひねらない。

(タメをつくると、その動きを相手に読まれる。読まれたら攻撃は生きない。読まれないようタメをつくらず、うねらず、ひねらず、相手が気づいた時にはすでに打ち込んでいる。それが実戦の動きだ)と、おじいちゃんにはおしえられた。

つまり、ボクシングでこぶしを突き出すとき、まず身体をひねってタメをつくると、相手に「来るぞ」と予測されてしまう。それと同じ原理だ。

予測を裏切り、タメをつくらず、相手が防御態勢をとれない速さで攻撃する。それがおじいちゃんの古流剣術。

でも、殺陣というのは、相手に読ませて動くからこそ、呼吸の合った立ち回りができるようだ。

(とすれば、わざと身体をひねって、つぎはこう行きますよって、わかりやすいタメをつくればいいのか)

やってみたが、なかなかうまくいかない。

その時、向こうから、剣会メンバーが呼んだ。

「橋村さーん。テスト、行きましょうよー」

「はいはい。今、行きます」

橋村さんはそう返事してから、秋飛に「いや、ありがとう」といった。

殺陣師が立ち回りのやり方を、各俳優に指導し始めた。

人数が多いので、かなり念入りだった。

秋飛は、つい、タメをつくらない動きになってしまう。

九歳から十七歳まで、おじいちゃんにたたき込まれた動きだ。簡単には変えられない。

「う〜ん」

殺陣師はうなってしまった。

「まあ一度、テストいきましょう」

助監さんがいい、テストになった。

「テストいきます。ヨーイ、スタート!」

助監さんの声。

カチンコの音で、秋飛と新選組一番隊は、浪士団に向かって駆け出す。

同時に、刺客団がむかえうって来る。

打ち合わせ通りに動く。

（右敵、抜いて上段斬り、受けてカーン、はね上げ、相手逃げて、あたし踏み込み、さらにカーン。左敵突いてくる。はねて、あたしが袈裟斬り、ザーン）

心の中でカーンとザーンを繰り返しながらやった。

だが、微妙に呼吸が合わない。

ズレができる。

相手はやや遅れて、ザーンで倒れてくれた。

「カーット！」の声がひびいた。

「だめですね」

カメラマンがつぶやくのが聞こえた。

そして、監督に何かいった。

監督がうなずき、秋飛にいった。

「吹き替えさん、あんた、時々、動きが速すぎて、カメラでとらえられないんだよ。もうちっと、ゆっくり、やってくれる。打ち合う相手と呼吸を合わせてくれなきゃ」

「はい、すみません」とこたえたが、どうしていいか、わからなかった。ゆっくりやっているつもりだったから。

「じゃ、もう一度、やってみようか」

入念にテストを繰り返したが、なかなかうまくいかない。

とっさの動きに、おじいちゃんに習った体術や剣術の動きが出てしまう。

それは、無意識の動きなので、修正できにくい。

重なるテストで、みんながイライラし始めていた。

殺陣師がもう一度入念に、秋飛に動きを指導した。

「じゃ、本番いくよ。吹き替えさんは、カメラに顔を向けないこと。呼吸を合わせてくれよ」

監督が秋飛に念を押した。

「では、本番いきます。ヨーイ、スタート!」

助監さんの声。

カチンコの音で、秋飛は新選組一番隊をひきつれ、浪士団に向かって駆け出した。

刺客団がむかえうつ。

テスト通りに動く。

（右敵、抜いて上段斬り、受けてカーン、はね上げ、相手逃げて、あたし踏み込み、さらにカーン。左敵突いてくる。はねて、あたしが袈裟斬り、ザーン）

心の中で（ゆっくり、ゆっくり……）と繰り返す。

相手はザーンでうまく倒れた。

うまくいった。

いや、やっぱり、動きが速すぎた。

相手が秋飛に合わせてくれただけで、ほかのメンバーの動きとはずれていた。

あたりでは、みなが打ち合っているのに、秋飛だけ、時間があまってしまったのだ。

あせった。

その時、浪士の中から、橋村さんが秋飛にふりかぶってきてくれた。

刀を合わせた。

橋村さんは「さっきと同じで」と、すばやくささやいた。

（カーンで退きはなれて、橋村さん空振り。あたし、振り向き、橋村さんをザーン）

斬られた橋村さんは空をつかみながら倒れた。

「カーット!」

監督がさけんだ。

橋村さんは起き上がりながら、にっこり微笑んだ。

一呼吸おいて「オッケーです!」という助監さんの声。

「うまくいった。ほら、大丈夫だ」

橋村さんが小さな声でいった。

その場の緊張が一気にとけた。

ガチガチだった秋飛の肩からも力が抜けた。

「どうもない、どうもない」

橋村さんが京都弁になって、その肩をぽんぽんとたたいてくれた。

橋村さんは笑うとしわが多い。

その笑顔は、どこか、おじいちゃんに似ていた。

緊張がとけた瞬間、橋村さんの顔におじいちゃんの笑顔が重なった。

なぜ、そんなことをふいに思い出したのか。

(どうもない、どうもない)

そのことばが頭の中でこだました。

小さかった頃、秋飛はおじいちゃんと同じ布団で寝ていた。

稽古のあとは、秋飛はいつも足がだるくなったり、重くなったりした。

「さあ、おじいちゃんのお腹に足をのせて」

一緒に布団に入ると、おじいちゃんはいつもそういった。

布団の中で、おじいちゃんは秋飛の両足を自分の腹の上へのせる。そうして、おじいちゃんはざわざわした大きなあったかい掌《てのひら》で、秋飛の両足をほぐすようにさすってくれた。つい気持ち良くなって寝付いてしまうまで、だまってさすりつづけてくれたおじいちゃん。その感触を思い出した。

「秋飛はつらいことがあっても泣きもせん、怒りもせんな」

おじいちゃんは、秋飛の足を撫《な》でながらいった。

「秋飛は怒った時やつらい時、だまって、おれをにらみつけるやろ。そやのに、その目はいつも、どう見ても、泣いとる。まちがいなく怒っとる。なんでか、お前はどんな時も泣いたりわめいたりせえへん。もしかして、秋飛は、泣いてしもたら、もう立ち直れへんと思い込んでいるんやないのか」

秋飛の足を撫でながらそういったおじいちゃん。

「秋飛、泣いてもええんやぞ。いつでも、泣いてええのや」

秋飛は何かをこたえたかったのに、うまくいえなかった。

たくさんのことばが頭の中を駆けめぐったのに、何もいえなかった。

いいたいことはわかっていた。なのに、そのことばが見つからない。秋飛はあせって、迷って、胸が痛くなった。

「ええのや、ええのや」

おじいちゃんがいった。

「……どうもない、どうもない」

おまじないのように、おじいちゃんは繰り返した。

それは、小さかった秋飛がころんだ時、痛い時のおまじないのことば。

小さかった秋飛はけっきょく何もいえずに、布団にもぐって、まるまった。

「どうもない、どうもない」

おじいちゃんは布団に上から、とんとん、やさしくたたいてくれた。

橋村さんの笑顔が、ことばが、その記憶を呼び覚ました。

秋飛の頭の中はのぼせたみたいになっていた。

のどに熱い玉がつまったみたいだった。

顔もまぶたも頭皮まで、カーッと熱くなった。

秋飛は、爆発しそうな何かを、自分の中に押しこめようとした。そしたら、おもわず、橋村さんをにらみつけていた。

「まだ心配？」

橋村さんがまた笑った。

笑顔はおじいちゃんに似ていなかった。

それなのに、しわがおじいちゃんに似ている。

そう思ったら涙が出た。

背格好も、声も似ていない。

だけど、掌の竹刀だこが、おじいちゃんに似ている。

そう思うだけで、泣けた。

どうしようもない、むちゃくちゃな理由で、涙がボロボロこぼれた。止められなくなった。

「どうしたの、どこか痛めた?」

武田伶人が心配してたずねてくれた。

でも、秋飛はこたえられなかった。

声を出すと、嗚咽《おえつ》までもれそうだったから。

秋飛は笑おうとした。

なのに、笑ったはずが、くしゃくしゃの泣き顔になってしまった。

「だれよ、女の子を泣かしたのは……」

だれかがいう声がした。

「殺陣の吹き替えを若い女の子にやらせるなんて、どだい、無理だったんじゃないの」

そういう声も聞こえて来た。

月不宿

ロケが終わって、秋飛は逃げるようにロケバスを降りた。

だが、まだ家に帰れない。

セットでの撮影が残っていたから。

夕食をとってから、また現場へ行かなければならなかった。

「ああ、あんた」

衣装室の前で、清さんが声をかけてきた。

「月不宿をありがとう」

清さんは月不宿をただ刀と呼ばず、月不宿といった。それだけで、秋飛はうれしかった。

「ちょうど夕食休みやな。あんたも見るか？」

「え？」

聞かれて、秋飛はとまどった。

「試写室でな、昔の『花天新選組』を見てみたんや。ちょっと、確かめとうてな」

「え、そんな映画、ここにあるんですか？」

「いや。古い映画をコピーしたもんで、映りは良くないんやが」

「見たいです。見せて下さい」

「ほな、月不宿を持っていこ。刃引とはいえ、真剣や。小道具とまちごうてはえらいことやからな。あ、それは今、目釘《めくぎ》を外してるから柄が抜けるで。気をつけて持ってや」

そういって、清さんは、月不宿を秋飛に持たせた。

夜間撮影までには時間は充分あった。

試写室へ向かいながら、秋飛は胸が高鳴った。

（あの沖田に会える……！）

試写室は俳優会館の裏。

試写のない時は、このあたりは撮影所で一番閑散としている。

清さんはその試写室ではなく映写技術室に入り、映写機にフィルムをセットした。

「新選組っちゅうのは、鳥羽伏見の戦いで、ぼろぼろに負けた幕軍のしんがりを、ずっとまもって戦ったそうや。会津や新選組は剣や槍《やり》の白兵戦《はくへいせん》となったら強かったそうやが、この時は、薩長軍が持ってた鉄砲、大砲なんかの圧倒的な火器で負けたんやな」

フィルムを用意してから、清さんがいった。

「激戦があった跡はな、それから何十年たっても、雨が降ると、赤さびの水が地中からにじみ出たそうや。つまり、幕軍のたくさんの刀や槍や鎧《よろい》が人骨といっしょに埋まってたんやな。激戦当時、拾われた刀もたくさんあったみたいで、その一本を、この『花天新選組』の赤石覇王が持ってたちゅうのを急に思い出してな。その刀の銘《めい》がたしか、月宿《つきやどる》やった。それを思い出してな、目釘をぬいて、ここを調べてみたんや」

清さんは、秋飛の持った月不宿の柄を指差した。

「見てみ」

清さんは、慎重に刀の柄を外した。

ややくすんだ茎《なかご》が出てきた。

そこには、読みにくい字で「月宿清心」と銘があった。

月宿が刀の名で、清心は刀工の名だろうか。

「な、まちがいなく、これは月宿や。それにな、この映画、『花天新選組』で写ってる刀のアップは、たしか、真剣をつかったっちゅうのも、思い出したんや。むろん、殺陣にはつかわんかったけどな。それで、あんたの月不宿が刃引してあるのは、もしかしたら、覇王が月宿を刃引して、月不宿って名前をあらためたんやないかって思ったんや。刃引したのは、撮影につかうためやったんやないやろかと。それに、覇王はたしか、京都の剣術道場へ通ってたはずなんや。もしかしたら、その剣術と、あんたのおじいさんがかかわりがあって、回りまわって、おじいさんの手に、この刀がめぐっていったのやないかと。……まあ、推測でしかないけどな」

清さんはいったが、秋飛には何もわからなかった。

おじいちゃんが若い頃、だれと剣術修行をしていたか、段位のない道場だったから、記録は何も残ってはいなかった。

「ほな、見てみよか」

清さんが映写機のスイッチを入れた。

映写窓から見えるスクリーンが明るく光った。

それは、まぎれもなく完成版の映画フィルムだった。

秋飛が見ていた未編集フィルムでは欠けていたシーンや出来事が、時間を追ってはこばれてゆく。

新選組の結成、剣の達人だった山南が左腕を負傷した岩城升屋事件、池田屋襲撃、そして、山南敬助脱走と伝えられる事件へと。

見ているうちに、秋飛は映画の中の時間を止めたくなった。

このまま、進めば、みんな死んでしまう。

そうとわかっていて、映画を見るのはつらくなった。

だが映画はどんどん進んでゆく。


屯所の広間に、新選組の幹部たちが集まっていた。

白皙《はくせき》の知性派参謀の伊東。

田舎武者の武骨さが抜けない局長近藤。

役者にしたいほどいい男の副長土方。

そして、副長助勤一番隊隊長沖田総司はじめ各隊の隊長たち。

その背後には、「禁令」と書かれた板額がかかげてあった。

禁令

一、士道《しどう》に背《そむ》くこと
二、局を脱すること
三、かってに金策いたすこと
四、かってに訴訟を取り扱うこと
右四ケ条に背く者は同志の面前にて切腹《せっぷく》申し付くるものなり

その禁令を背に、土方がいった。

「山南さん。あんたの行動は局中の禁令にさしさわりがある。勤王《きんのう》にかこつけて幕府に取って代わろうとする連中を援護するような発言、行動はきわめて問題だ。これまで、やつらが何をしようとしていたのか忘れたのか。京の町に火を放ち、騒乱を起こして帝をさらう計画までしてやがったんだ。あんただって、そういう連中と戦って、腕に負傷したんじゃねえのか。いまさら、なぜ、そんな連中の話に耳を貸すんだ」

「土方くん。時勢だよ。時勢はそんな連中を後押ししている。わたしたちは悪あがきをしているだけなんだ。討幕をさけぶ浪士を何人斬ったって、この流れは変わらない。われわれは後世に汚名を残すだけだ。時代を押しもどそうとした馬鹿な人斬り集団としてね。

わたしはもう時勢に逆らうのは疲れたんだ。かといって、近藤さん、土方君、あんたたちとは兄弟のようにつき合ってきた。ここまで来て、あんたたちと争いたくない」

「それで、勝手に局を脱したというのか、山南さん。それは士道に反するだろう」

土方は苦虫を噛みつぶしたような顔でたずねた。

「君はそう思うのか。なら、そう受け取って頂いても結構だ」

山南が憮然《ぶぜん》としてこたえた。

「ちがいますよ、土方さん」

そういったのは沖田だった。

「山南さんは、わたしが大津までおむかえにいったら、二つ返事でもどって来られたんです。そんな脱走はありませんよ。山南さんは疲れていらっしゃる。療養が必要なんです」

そういう沖田に、参謀の伊東がうなずいた。

「同感だ。山南君の療養を許可してはいかがか。だいたい、土方君のいう士道とは、武士本来の士道とはちがう。武士は君のため、志のために死ぬものだ。われらの仕えるべき君とはだれか。徳川でも会津でもない。帝であらせられる。志とはなにか。国をあげての尊皇攘夷である。さすれば、禁令を持ち出し、新選組のみの規律をもって山南君を罰する理由はない。切腹などはもってのほかだ。土方君、もっと大局を見たまえ」

伊東がそういった時、山南がつらそうな顔をした。

土方はいかにも気に入らぬという顔で、そっぽを向いた。

「ともかく、みなの意見、伊東さんのご意見、山南君の考えはよくわかった。山南君。悪いが、君はしばらく謹慎《きんしん》してもらう。正式の処置は一両日中に同志の面前で決定する。それまでは自室で謹慎したまえ」

近藤はいい、集まった幹部たちを解散させた。

山南も幹部も去り、残ったのは、近藤、土方、沖田だけになった。

「伊東さんはくせ者だ。山南さんの件で局を脱する道をつくっておいて、のちに、何かをたくらんでいるにちがいない。もともと、伊東さんの思想は討幕派の急先鋒と同じだからな。もしや、山南さんは伊東さんと何か密約があるのか……」

土方がいった。

「だが、歳《とし》。おれは山南君を殺したくはない。山南君はおれたちが武州三多摩から出てきた時からの朋友だ。なんとか、謹慎ですませたい」

そういったのは近藤。

「近藤先生。でも、山南さんはまた脱走しますよ。山南さんは、ここにいたら息がつまるんです。伊東さんは山南さんをご自分の派閥《はばつ》に入れたくてうずうずしている。でも、山南さんは近藤先生が大好きなんだ。だけど、思想的には伊東さんに傾倒している。この板ばさみに山南さんは耐えられない。その上、土方さんはそうやってこわい目でにらむでしょう。このまま、新選組に引き止めるのは、山南さんがかわいそうですよ」

「総司。めずらしく、理屈をいうじゃねえか」

土方がこわい目でにらんだ。

「土方さん。わたしにはね、討幕派も佐幕派《さばくは》も同じに見えるんだ。みんな、目先しか見ていない。勝つか負けるか、自分が得をするか損をするか、それしか考えていないように見える。そうじゃないのは会津藩です。会津は武士道で動いている。勝とうが負けようが、たとえ損をしようが仕方がない。会津魂がそれを正しいっていうんだから。新選組もそうですよ。馬鹿正直で、愚直《ぐちょく》きわまりない。目先でいえば、会津や新選組は大馬鹿です。でも、土方さん。本当のところ、正しさって百年、二百年たってみないと、わからないもんじゃないんですか。正しく見えた道が破滅につながっているかもしれないし、まちがっているとされたことが実は案外平穏で幸せだったりするかもしれない。そういうもんだと思うんです」

「だから、どうだっていうんだ」

土方がけんかごしでいった。

「だから、だれもが魂の信じる道を進むしかないんです。勝ち負けでも、損得でもなく、好きなひと、大事なものを、命がけでまもりぬく、それが誠の心だ思っています。わたしはそれなら死んでもかまわない」

「総司……！」

近藤がエラの張ったあごをがくがくと動かした。

どうやら、感動しているらしい。

「歳。山南君はわれわれでまもろう。おらあ、あいつが好きだ」

近藤が小さな目をうるませていった。

土方はこれ以上はないしぶい顔になった。

「総司、のんきそうな面をしてたくらみやがったな。……だがな、総司。新選組のような寄せ集めの組織は、非情な規律があってこそ働けるんだ。三百年の平和ぼけのご直参《じきさん》とはわけがちがう。やわなやり方じゃ、新選組はすぐぶっこわれる。どうなっても、おれは知らねえぜ」

土方はそういい、立ち上がった。

「ありがとう、歳」

「ありがとう、土方さん」

近藤と沖田は同時に礼をいった。

「やめてくれ。おらあ、自分の甘さにへどが出る」

その時、隊士が一人、廊下を走ってきた。

「局長！　さ、山南先生がっ……！」

そういったきり、隊士はことばにつまった。

「どうしたんだ」

近藤も沖田も立ち上がった。

「ただ今、山南先生が自室で割腹《かっぷく》なされました！」

「なんだとっ」

土方が思わず隊士の胸ぐらをつかんだ。

「そ、それで、沖田先生に介錯《かいしゃく》をたのむとおっしゃられまして……」

「まだ、生きているのか！」

さけんだのは近藤。

「はい、しかし、もはや……」

「山南さんっ」

そのことばが終わる前に、沖田はよろめくように走っていた。

その後を、土方が、近藤がつづく。


山南は自刃《じじん》した。

だが、そのシーンは映らない。

次につながっていたシーンは、山南の介錯を済ませ、抜き身を下げたまま、庭へと、さまよい出てくる沖田の姿だった。

「ひどいじゃないか、山南さん。わたしに、こんなことを……！」

つぶやき、沖田は瞑目《めいもく》した。

「総司。山南さんの遺書《ゆいごん》だ。居室におかれていた。宛名《あてな》は、おれでも近藤さんでもなく、おまえだ」

土方が来て、一通の書面をしめした。
沖田は刀をおさめ、書面を受け取った。
書面をはらりと開く。
山南の筆跡《ひっせき》だった。

沖田君。
君がこれを読むときは、おれがお世話になったあとだろう。
ありがとう。
大津の湖で君に会った時から、おれの覚悟は決まっていた。
どうか、怒らないでくれ。
もはや、いうべきことはない。
すべては、時勢が、君に語ってくれるだろう。
沖田君、大津の夕日は、あれは美しかったな。
今でも目に浮かぶ。
おれは魂魄《こんぱく》となって、江戸へ、なつかしい故郷へ帰る。

さらば、京洛。

さらば、新選組。

さようなら、沖田君。

山南敬助

沖田はそれを読み、はらはらと涙をこぼした。

そして、さけんだ。

「時勢がなんだっ!」


慶応元年二月二十三日。

新選組総長、山南敬助自裁、三十二歳。


その三年後。

慶応四年一月三日、戊辰《ぼしん》戦争が勃発《ぼっぱつ》。

天皇の象徴である錦の御旗は、この時期の、この国においては、正義のしるし、官軍のしるしであった。

京へ攻め寄せた薩長軍は、その錦の御旗を押し立てた。

この御旗は実はにせ物であったが、敵軍の中に御旗を見た幕府軍はうろたえた。そして、自ら賊軍となることをおそれた者たちの裏切りが続出した。

この裏切りにくわえ、幕府軍の精神的支柱である徳川慶喜が味方さえだます形で大阪城から逃亡したことにより、幕府軍は総崩れ、退却に継ぐ退却を繰り返すことになる。

時勢は、山南敬助の遺言通り、怒濤《どとう》のごとく新選組をのみこんでいった。


同年、五月。

江戸は千駄ヶ谷池橋尻の植木屋平五郎の離れに、沖田総司はいた。

まわりは広々とした畑で、水路には水車がまわっている。

ひなびた水車の音を聞きながら、沖田は床にふせっていた。

持病の肺結核が進行し、もはや戦うことはできなかったのだ。

父とも兄とも親しんだ近藤は薩長軍にとらえられ、すでに打ち首となっていたが、沖田はそれを知らない。

孤軍奮闘《こぐんふんとう》する土方は、戦いをもとめて会津へ落ち、その後は函館へと流れていったが、沖田はこれも知らない。

「もし、何をなさいますんで!?」

病床の世話をする老婆が驚き、薬湯を取り落としそうになった。

寝たきりのはずの沖田が、いつ起き上がったのか、庭へ出て、今まさに、刀を抜こうとしていたからである。

「あそこに黒猫がいる。あれを斬ってみる」

沖田はやせた肩を波打たせていった。

老婆が見ると、庭の築地《ついじ》に、黒猫が一匹、じっと停止したようにこなたをにらんでいた。

「いけません。そんな、ご無理をなさっちゃ……」

老婆は、沖田のとがった背中から発する殺気に、肌を粟立《あわだ》たせた。

「いや、斬ってみる。……あいつが、おれにいうんだ。お前のしたことなんざ、みんな無駄だ、ゴミだ。おまえは死んで時勢にのみこまれる。だれも、お前なんざ、おぼえちゃいない、お前が生きた意味など、どこにもないって……あの猫が、そういいやがるんだ」

沖田はぜいぜいと息をはずませながらいった。

本当は呼吸するのさえ苦しいはずだった。

「沖田さん。猫はそんなこといいやしません。猫はただの猫ですよ。ご病気の熱が幻を見せてるだけですよ。さあ、お休みなさいまし。お身体に悪うござんすよ」

老婆は必死にいった。

年齢からすれば、孫ほどのこの若者がなぜ死病にとりつかれなければならないのか。老婆は、この青年があわれでならない。

沖田はふらふらと黒猫に近づいた。が、そのまま、ゆっくりくずれた。

「沖田さん！」

老婆はさけんで、助け起こした。

総司は助け起こされながら、よろめいた。

「おれに近づくな、病がうつる」

総司がいった。

「なんの。どうせこの歳じゃ、たいして長生きしやあしませんよ。さあ、お部屋へおもどりなさいまし」

老婆がいうと、総司は泣き出しそうな顔でふっと笑った。

やせこけた左の頬に、わずかにえくぼが見えた。

老婆は、総司を部屋へつれもどった。

総司は布団に横たわり、老婆は障子を閉めた。

しずまりかえった庭には、水車の音だけがひびいていた。

「おばあさん……あの猫はまだいるか。庭に、まだ…いるだろうか。き…斬らなきゃ……あいつが近藤先生によけいなことをいう前に……土方さん、斬ってくれ、あの猫を！先生に聞かせたくないっ。土方さんっ……ひじ…か…た…さ……」

かすれた沖田の声が聞こえ、やがて、途切れた。

「沖田さんっ」

老婆がさけび、障子があわただしく開かれた。

よろめきながら、老婆は平五郎の本宅へ走り去った。

障子の隙間《すきま》に、わずかに総司の顔が見えた。

やせてやつれた横顔は、もう動かなかった
強靭な光をたたえたあの目は、もう二度と開かなかった。

やわらかな笑顔も、左の頬のえくぼも、みんな消えてしまった。

築地の黒猫はゆっくり立ち上がり、歩み去った。

まるで、沖田の死を知っているかのように。

名残惜しげに、振り返りながら。

どこからか風がわたり、天上から、はらはらと白い花びらが振り落ちてきた。


秋飛の頬に、涙があふれた。

降り落ちる白い花びらがにじんで見えた。

涙で、花びらがほのめいた。

天上の花は、プリズムを通したように七色にほのめき、たゆたって、音もなく降りしきった。

今、秋飛には、はっきりわかった。

(あれは……やっぱり、あなただったんだ)

幼かったあの日、流れ橋で会った青年の笑顔が浮かんだ。

左の頬にくっきりとあらわれたえくぼ。

切れ上がった目や、きびきびした振る舞いとはかけはなれた、あのかわいいえくぼ。

それは、遠いあの日に、秋飛を抱き上げてくれた青年のものだった。

（せっかく、また会えたのに……こんなのは、やめてっ……）

秋飛は心の中でさけんだ。


「やめてよっ」

そういったのは、自分の声かと思った。

だが、その声は映写室の外から聞こえた。

男女のいい争う声だ。

「昨日、警官《まっぽ》が来よった、どういうことや」

「なにするの……放してっ」

もみ合っているのか、女の声は悲鳴のようだ。

と、映写室へとびこんできたのは春姫だった。

「助けてっ」

倒れこんだ春姫がさけんだ。

「どうした、あんた」

「春姫ちゃん！」

清さんと秋飛は、あわてて、春姫を助け起こした。

「じじい、ひっこんどれ……」

ドアを蹴《け》った男が、清さんをにらみつけた。

「のっぺり……！」

秋飛は凍りついた。

清さんが春姫をかばって、後ろにさがった。

のっぺりは映写室へ押し入ってきた。

秋飛は思わず月不宿をにぎりしめたが、月不宿には、今、柄がなかった。冷たい茎は、ひたと掌には吸いついてくれない。

「ごめん、秋飛。あんたが映写室に行ったって、庄司さんに聞いたから、一緒にご飯を食べようと思って。そしたら、こいつが……っ」

春姫がふるえる声でいったが、秋飛はのっぺりから目をはなすわけにはいかなかった。

「これは、この女とおれの痴話《ちわ》げんかや。おまえらには関係ない」

のっぺりが春姫の腕をつかんでひきずり出そうとした。

「春姫ちゃんをはなしてっ」

秋飛はさけんだ。

無意識に、月不宿を下段に構えていた。

刃引とはいえ、真剣はその重さで充分武器となり得る。

だが、のっぺりは真剣とは思わなかったのだろう。

「そんな小道具で、おれとわたり合えると思てんのか、ええっ」

馬鹿にして、おどした。

秋飛は気圧《けお》されそうになった。

月不宿の茎をにぎった手が汗ばんだ。

「春姫ちゃんっ、大丈夫か⁉」

その時、駆け込んできたのは、衣装室の庄司さんだった。庄司さんは噛みつきそうな顔で、のっぺりをにらみつけた。

のっぺりは、さすがに、うんざりした顔になった。

「今日はじゃまが多い。春姫、話はこんどや」

のっぺりがふらりと出ていった。

「おい、このことは演技事務所に報告するからなっ」

庄司さんがさけんだが、のっぺりは肩で笑って、振り向きもしなかった。

総司ふたたび

その夜は、おぼろ月だった。

庭の桜が散り始めている。

春姫が離れで眠ったあと、秋飛はそっと映写機を持ち出した。

あの映画では死んでしまった総司が、このフィルムの中では生きていて、のんきに笑っている。そう思うと、やもたてもたまらず、総司に会いたかった。

残り少なくなったフィルムをまわすと、子どもの遊び歌が聞こえてきた。

かごめかごめ
かごのなかのとりは
いついつでやる

新選組屯所の近く、壬生寺。

歌いながら円になる子どもにまじって、総司が遊んでいる。

鬼になって目をつぶっているのは勇坊だ。

その時、総司は子どもたちの円をそっとぬけた。

何かをいい出しそうな子どもには「しいっ……」とくちびるの前に指を立てた。そのまま足音を立てず、境内を横切っていった。

よあけのばんに
つーるとかーめがすーべった
うしろの正面だあれ

「そうじ兄ちゃん！」

鬼の勇坊がいった。

「ざんねんでした。そうじ兄ちゃんは、さっきぬけたで」

ほかの子にいわれて、勇坊はハッと立ち上がった。

あたりを見回している。

壬生寺の山門をぬけようとする総司の背中が目に映った。

「そうじ兄ちゃぁん」

勇坊が泣き出しそうな顔で追いかけた。

「しまった、見つかったか」

総司が笑顔で立ち止まった。

「行ったらあかん!」

勇坊が総司をつかまえていった。

「おれも行きたくないけど、屯所が西本願寺にうつるんだ」

総司がこたえた。

「なんで?」

「さあな。あっちへ行くのは山南さんが反対していたけど、だれも聞き入れなかった。

山南さんはさびしかっただろうな……」

ひとりごとのように、総司がいった。

「ふーん。なんで? なんで、だれも、聞かへんかったん?」

「なんでかなあ」

総司は勇坊の頭を撫でた。

「きっと、時勢がみんなをくるわせるんだ。勇坊はいいなあ。子どもはみんな、いつでも楽しいことを追いかけてるだろ。昔は、近藤先生も土方さんもそうだったんだ。だけど、時勢が動き出すと、大人は楽しいことをやってられなくなるんだ……」

「ふーん。じせいって、わるものなん?」

「悪者じゃないけど怪物だな。なんでも踏みつぶしてゆく」

遠く何かを思うように、総司は目を上げた。


秋飛は願った。

もう一度、総司と話したいと。

だが、そんな時に限って黒猫もあらわれないし、フィルムも切れない。

いっそ、フィルムをハサミで切って、回してみたらどうだろうか……と考えた時、画面が白くなった。

フィルムは、ふいに終わっていた。

何も映ってはいないコマがゆっくり止まった。

とうとう、何事も起こらなかった。


「きゃあああっ」

ひびいた悲鳴に、秋飛は現実にもどった。

一瞬、それが何なのか、わからなかった。

「あきひっ」

春姫が暗い庭を逃げてくるのが目に入った。

「あいつよっ。ナイフを持ってるわっ」

春姫がさけんだ。

とっさに、秋飛は刀架けにあった月不宿をつかんだ。

「……さあ、春姫。ホテルで、カメラマンも相手役も待ってるんや、おとなしくついて来いや」

のっぺりが道場へ土足で上がってきていった。

しかも、一人ではなかった。

サングラスの大男がもう一人いた。

のっぺりのポケットに入れた手は、何かとがったものを持っている。

「いやよっ。だれが、アダルトビデオなんか出るもんかっ」

春姫が逃げながらさけんだ。

「春姫ちゃん、警察に電話して！」

秋飛はそういって、春姫とのっぺりの間に立った。

「だめっ、電話線が切られてるの」

春姫が悲鳴のようにいった。

「携帯！」

秋飛はさけんだ。

春姫は秋飛の携帯のある奥間へ走った。

「待たんかいっ」

サングラスの大男が追おうとした。

秋飛は月不宿でその足をすくった。男が転倒した。

「なめとんか、こいつっ」

いったと同時に、のっぺりの手がポケットから出た。

白いものがひらめいた。

とっさに、秋飛は膝を抜いた。同時に、月不宿はのっぺりの耳、横ひざをしたたか打っていた。

「うぐっ」

のっぺりがうずくまった。

転倒した大男が起き上がって、サングラスを投げ捨てた。やにわに道場の木刀をつかみ、振りかぶってきたが、素人の大上段は動きがおそい。秋飛は身をかわした。

だが、のっぺりの立ち直りが思ったより早かった。

膝打ちが浅かったらしい。

「このあま……っ」

じゃまになる映写台を、のっぺりが蹴飛ばした。

秋飛は思わず映写機を受け止めようとしたが、間に合わなかった。

床にころがった映写機とフィルムが、のたうつように空回りした。

ガタガタガタガタガタガガガガ……！

水面の照り返しのように、光が飛び交った。

のっぺりのナイフが、映写機に気をとられた秋飛めがけて、突き出された。

瞬間、プリズムを通したように、あたりがほのめいた。

道場の天井に、黒猫が跳躍《ちょうやく》したように見えた。

「ぎゃっ」

のっぺりがドッと倒れた。

もう一人の大男はいつの間に打たれたのか、すでに長々とのびていた。

秋飛の目に、プリズムのようにほのめく総司が映った。

総司は鞘のままで、刀のこじりをのっぺりに向け、立っていた。

「総司……？　き、斬ったの⁉」

「斬る？　こんなおもちゃを持った奴を？」

総司はのっぺりのナイフを遠くへ蹴飛ばした。

「斬るまでもない。二人とも、みぞおちに突きを入れてやった。鞘のままでね。三段突きさ。子どもの頃からの得意技だ。とうぶん、目を回してるさ」

総司はのっぺりのことなどまったく気にしないで、道場を見回した。

「ここは屯所の道場に似ているが、別の場所だっていってたね。すごいなあ。壬生寺から出られたのは初めてだ」

総司がうれしそうにいう。

「え、どういうこと？」

「壬生寺だよ。なぜだか、勇坊と遊んでいた壬生寺から先には進めなかったんだ、ずっと長い間。西本願寺に行くはずなのに、ずっと行けなかった。なのに、初めて出られたんだ」

（まさか、この総司は、この先、自分がどうなるのか、新選組がどうなるのか、何も知らないのだろうか……それとも、知っているのに、忘れてしまったのだろうか）

秋飛は総司の顔を見つめ、それから、いった。

「いいじゃない。西本願寺なんて行かなくても。このままでいれば、新選組はずっと今のままで、みんなずっと元気で仲がいいんだもの。先へなんか、進まない方がいいよ」

秋飛がいうと、総司は眉をくもらせた。

「君は何か知ってるのか。これからのおれのことを。それなら、おしえてくれ。もう長い間、同じ所に閉じこめられて、どうすれば先へ進めるのか、ずっと考えていたんだ」

秋飛はこたえられなかった。

総司はやはり、フィルムに閉じこめられていたんだと思った。

でも、もし、フィルムから出て、自分の未来を知ったら、いや、思い出したら……それが、総司にいいことだとは思えなかった。

「総司、ここにいて。このフィルムに。どこにも行かないで。それが一番いいのよ」

「あきひさん……だったね。君は、自分の人生が今止まってしまっても平気なのか？　そこから、何も動かず進まず、うれしいことも悲しいこともなく、ただ真っ白でも平気だといえるのか？」

その顔は、秋飛を責めていた。

秋飛はどういって説明すればいいのか、わからなかった。

「どうやら、おれの未来には、いいことがないようだね。そして、君はそれを知っている。それなら、おしえてくれ。行く末がどうあろうと、おれは真実を知りたい」

総司はものしずかにいった。


遠く、パトカーのサイレンが聞こえた。

だれが呼んだのか、春姫なのか、近所のひとなのか、近づいて来るようだ。

みんなに、総司が見えるのかどうかはわからなかった。

だが、今はじゃまをされたくなかった。

話すとすれば、今しかなかった。

「あたしはいいたくない、総司のこの先のことは。だって、つらいことばっかりなの。それでも聞きたいの!?」

秋飛のことばに、総司はゆるぎなくうなずいた。

「……わかった。じゃ、聞いて」

秋飛は大きく息を吸った。

「山南さんは切腹《せっぷく》して亡くなったのよ。総司、あなたは鳥羽伏見の戦いで倒れるわ。病気がひどくなって戦えなくなるの。薩長軍は錦の御旗を押し立てて官軍になるわ。それを見た幕府軍からは裏切りが続出して、新選組も幕府軍もぼろぼろに負けるわ。それから、近藤さんは流山《ながれやま》というところで薩長軍につかまるの。斬首《ざんしゅ》になるのよ。土方さんはたった一人、戦って戦って、会津から函館まで行くわ。函館でも味方が負けて、みんなが官軍に降参するわ。でも、土方さんだけは最後まで戦いぬいて戦死するの。みんな、死んでしまうのよ。それでも、この先に進みたいの？　このままでいれば、このフィルムの中なら、あなたは死なない。近藤さんも、山南さんも、土方さんも、みんな一緒に笑っていられるのに！」

秋飛は必死だった。

沖田総司という人間の、たった一度の人生をこんな風に伝えるのは心が痛んだ。

だが、今いわなければ、永遠に総司をうしなう。

その恐怖が、秋飛を残酷《ざんこく》にさせていた。

総司はしずかに微笑んだ。

「そうか、そうなるのか。……いや、そうだったような気がする。ずっと、閉じこめられていて忘れかけていたんだ。自分がどうなったのかを……」

「なぜっ⁉　なぜなの。なぜ、死ぬことに向かってみんなで突っ走るの。生きてれば、もっといいことがあるかもしれないのに。ここにいてっ。そうすれば、こうやって生きていられるわ。うちのフィルムなら、また、こうして、出てこれるのよ」

秋飛は必死だった。

今なら、間に合うかもしれないと。

「秋飛……」

総司が初めて、親しげに秋飛の名を呼んだ。

「ここは、おれの世界じゃないよ。おれの世界は、近藤先生がいて、土方さんや山南さんがいる新選組だ。それに、たとえ永遠に生きられたとして、いつまでも前へ進まない人生になんの意味がある?」

総司がたずねた。

「意味はあるわ。生きてれば、人を愛せる。それから、人から愛される。総司は、女の人とつき合ったの? だれかを愛した? 愛さないで死ぬつもりなの? あたしならいやよ。だれかを愛したい。愛されたい。そうでないと死ねないわ」

秋飛は夢中でいった。

「君はまっすぐだな。山南さんと似ている……」

総司がつぶやくようにいった。

「だけど、おれたちは死ぬために突っ走るんじゃない。誠に生きようとしているだけだ。自分が信じる誠の心に恥じないように生きるだけなんだ。……言ったことをひるがえし、約束をほごにして、昨日までの味方を裏切る。これが鳥羽伏見の戦いなら、おれたちが負けたのは、誠の心を持たない連中が多すぎたからだ。時勢には誠はない。ただ、なだれをうって押し寄せるだけのものだ。敵にも、誠の心を持った人間はきっといただろう。だが、時勢そのものには誠はない……山南さんはね、かつて『赤心沖光《せきしんおきみつ》』という刀を持っていたんだ。赤心とは誠の心、まごころのことだ。それは、たぶん、君のいう愛と同じだ。おれたちは時勢にさからったかもしれないが、誠をうしなわなかった。そのことを誇りに思っている。後悔はない。おれも近藤先生も誠を尽くすだろう。山南さんも、最後まで戦いつづける土方さんも、会津藩も、残った新選組も、信じる誠を尽くそうとするだろう」

そういって、総司は開け放たれた庭をながめた。

「秋飛、君がどんな世界にいて、おれたちをどう見ているのかわからない。だけど、おれは、誠の心を持っているのは人間だけじゃないような気がするんだ。この天地が、この地球という星こそが、誠の心をもって動いているような気がする。だから、すべての命は途絶えることなく、生きつづけることができるんだ。そうじゃないだろうか……」

そういって、総司は大きく深呼吸した。

風が、夜の森の匂いをはこんできていた。

「ほら、あの空と木と、おれや秋飛は、まったく同じものじゃないだろうか。天と地があるかぎり、おれたちは永遠に、共に生きる。形を変え姿を変えて、おれたちはこの天地と共に生きつづけるんだ……秋飛、君に会えてほんとに良かった、ありがとう……」

「や、やだっ……」

秋飛は声を上げた。

総司の姿が消え入るようにうすくなっていた。

総司の人生を思うと、秋飛の胸は熱くたぎって苦しかった。

総司の誠を思えば、全身がふるえた。

「いっちゃだめーっ」

秋飛は総司の手をつかまえた。

一瞬、その手が、秋飛の手をにぎり返してきたのを感じた。

左の頬にえくぼができるのが見えた。

だが、その姿はほのめきながら、浮かぶように、すーっとうすくなった。秋飛の手の中で、総司の手が淡雪のとけるように消えた。

秋姫は、庭へ飛び出し、庭を、空を、月を見上げた。

総司の姿が、どこかに見えないかと。

天上から、雪が……いや、古木の桜が降っていた。

降りしきる淡い花びらを、秋飛は掌に受けた。

花びらはやわらかな湿り気を帯びて、秋飛の肩に、掌に、降りつもった。

頬にふれた花びらは、みるみる熱い花の露となった。

（秋飛、泣くな。おれは男として人間として思うさま生きた。秋飛も生きろ。女として人間として、思うさま、生きろ。そして、また会おう。この天地で、この世界のどこかで、きっと、いつか……）

総司の声なき声が、降りしきる天の花となって、ひびいてくるような気がした。


と、庭へ駆け込んでくる大勢の足音がした。

「秋飛っ、だいじょうぶっ？」

「大丈夫かっ」

警官と駆け込んできたのは、春姫と、衣装室の庄司さんだった。

「ぼ、僕、春姫ちゃんがどうなってるのか、心配で、前から、春姫ちゃんやあいつのこと、つけてたんだ。そしたら、今日、あいつが怪しい連中とここへ車を乗り付けたから、これはあぶないって思って……」

「あたし、秋飛の携帯を持って外へ飛び出したら、連中の仲間がいて、車にひっぱりこまれたのよ。それを庄司さんが見ていて、警察へ連絡してくれたの。庄司さんったら、この前の忘年会の時も、酔っ払いのくせに、あたしを家まで送ってきてくれたんだって。そんなこと知らないから、だれかにつけられてるのかと、反対に心配しちゃったわよ。……でも、良かったぁ。あたし、あいつらにつかまってる間も、秋飛がやられたんじゃないかって、気が気じゃなかったわ。無事でほんとに良かった……!」

春姫がぎゅっと抱きついてきた。

「ええっ……と。もしもし。ところで、被害者とあなたのご関係は?」

のっぺりや仲間を連行してから、警官の一人が手帳をひろげてたずねた。

「あ、それはそのう……僕は応援団でして、春姫ちゃんの……」

庄司さんが赤くなってこたえた。

地球のいのち

「えっ、あたし、クビじゃないんですか?」

秋飛はおどろいて京子さんを見た。

「それがね、橋村さんがあの子は立ち回りの才能があるっていってくれたんだって。それに、武田さん自身も、吹き替えは秋飛ちゃんがいいっていったそうだし」

京子さんの横で、ホンダちゃんがニコニコして立っていた。

「でね、秋飛ちゃんには、剣会へ入ってもらうことになったのよ」

ホンダちゃんが、女ことばでいった。

「それにね、あんなに女嫌いの武田ちゃんが秋飛ちゃんを気に入ったっていうのよ。だから、吹き替えのない時は、武田ちゃん専属の付き人になってもらいたいの。武田ちゃん、殺陣も秋飛ちゃんにおそわりたいんだって。ほら、アイドルだから時間がないのよ。だから、秋飛ちゃんに付き人になってもらったら、あいた時間に習えるでしょ」

「でも、あたし、殺陣は素人です。おじいちゃんの剣術しか……」

「それそれ。その剣術がいいのよ。それを習いたいんだって。殺陣は一緒に練習してくれるくらいでいいっていってたわ。実際、武田ちゃんぐらいきれいだと、護身術くらい身につけた方がいいわよ。まあ、この前の事件が新聞やマスコミに取り上げられて、春姫ちゃんも大変だけど、女優としては顔が売れたわ。それに、秋飛ちゃん、あんたもマスコミにねらわれているから気をつけなさい。武田ちゃんとは、撮影の時だけのつき合いにしてね。外で、写真でも撮られたらおおごとだから、その点だけは気をつけてよ」

武田伶人ファンのホンダちゃんは、マネージャーみたいに細かいことをいった。

「大丈夫です。あたし、好きなひとがいるんです。……とうぶんは、ほかのひとのことは考えられませんから」

秋飛は正直にいった。

でも、そのひとは、今はこの世にいない。

秋飛が知っているそのひとは架空の人物なのか、妄想なのかさえ、秋飛にはわからない。

だが、一つだけはわかっていた。

秋飛は沖田総司が、いや、あの総司が好きだった。

「へえ、そうだったの？　秋飛ちゃんもすみにおけないわねえ」

京子さんが笑った。

「じゃ、秋飛ちゃんの恋の味方をするわ。美粧室へいらっしゃい」

ホンダちゃんがいきなり、秋飛の手をひっぱった。

「え？　恋の味方って……!?」

いってる間に美粧室へつれこまれ、鏡の前に座らされた。

「秋飛ちゃんの顔はね、地味に見えるけど、口紅の色ですごく印象が変わる顔なの。知ってた？」

メイクボックスを開いたホンダちゃんは、秋飛の顔を好きなようにしながらいった。

（そういや、初めて会った時、おもしろい顔だっていわれたっけ……）

「つまりね、人間の顔にはだいたい三通りあるの。アイ・メイクにポイントをおくときれいに見える顔、全体をナチュラル・メイクにすれば美しさが強調される顔、唇をあでやかにすると魅力的になる顔ってのがあってね。秋飛ちゃんはつまり、三番目。三番目はマリリン・モンロー型っていってね、唇に適度な厚みとまるみがあって、唇の形がいいのが条件。つまり、口紅しだいですごくきれいになる顔なの。ちなみに、一番目はビビアン・

リー型。二番目はイングリッド・バーグマン型よ」

話しながら、ホンダちゃんは赤い口紅の中でも、ややブラウンがかった濃い口紅を秋飛の唇にぬった。

「秋飛ちゃんには、ブラウンローズや、ワインレッドといった濃い目の色がいいわ。地味系の顔立ちは、ピンクやオレンジのうすい口紅はめりはりが出なくてぼんやりした印象にしかならないからね。まあ、唇の形が良くないひとは、地味でおさえるしかないんだけど。つまりね、うすい口紅は、目が大きくて睫が濃くてパッと目立つひとだけが似合うわけよ。といっても、武田ちゃんみたいな清楚《せいそ》な美形には、化粧はかえってじゃま。素顔でだれよりきれいなんだから。その場合はできる限り、ナチュラルに徹するのよ」

ホンダちゃんの講義には迫力があった。

秋飛はただただ感心して聞き入った。

「さ、できたわ」

そういって、ホンダちゃんが正面から退くと、秋飛の目に、鏡に映った自分が映った。

「ええっ、まるで、別人みたい……」

秋飛はおどろいた。

「そうでしょ、すごくセクシーになったでしょ、秋飛ちゃん」

ホンダちゃんが自分の作品みたいにいった。

たしかにセクシーといっても良かったけれど、秋飛はなんだか落ち着かなかった。自分が別人になったようで。

そこへ、武田伶人が入ってきた。

「あ、びっくりした。だれかと思った」

伶人が秋飛を見ていった。

「どう、きれいでしょ」

ホンダちゃんは自慢げにいった。

「きれいだけど……」

「きれいだけど？　なによ、武田ちゃん」

ホンダちゃんは不満そうだ。

「女のひとはみんな美人になりたいのかなあ。女のひとの美しさに、さわやかさとか、りりしさとかいうのもありなんじゃないの？　ぼくはふだんの秋飛ちゃんがいいな」

伶人にいわれて、ホンダちゃんはがっくりしてしまった。

秋飛の方は、伶人に「秋飛ちゃん」と呼ばれてドキンとした。

「でも、これもあたしだわ。ありがとう、ホンダちゃん」

秋飛がとりなすと、ホンダちゃんはホッとした顔になった。

「そうだね、それなら、ぼくが女装した時の立ち回りも吹き替えてもらえそうだね」

伶人はきれいな顔で笑った。

「ええっ、そんなの、新選組の脚本にあったたっけ!?」

ホンダちゃんが聞き返した。

「やだなあ、ホンダちゃん。新選組じゃないよ。総司が女装してどうすんのよ。本編で『出雲の阿国《おくに》』が入ってるでしょ。あの脚本、読まなかったの、ホンダちゃん」

「あ、まだなのよ」

「あれはね、出雲の阿国は、実は男だった！　って、話なの」

「ぎえええっ」

ホンダちゃんが絞め殺されそうな声を上げた。

「そういや、以前、沖田総司は女だったたって映画があったよね」

「無茶よ。女性ファンが怒る」

「まったくだ」

「だけど、阿国が武田ちゃんなら女性ファンはよろこぶ。武田ちゃんの殺陣は救いようがないけど、踊りの方は抜群だしね」

「ちょっと、ホンダちゃん。それ、相当、ひどくない？」

二人の話はつづいていたが、秋飛は「じゃ、今日はこれで失礼します。お疲れさまでした」と笑いながら、美粧室を出た。

「おつかれ〜」

「またね」

ホンダちゃんと伶人の声がこたえた。

今日からしばらく、伶人はスケジュールの都合で、京映には来られない。したがって、『花天新選組』の吹き替えはない。

だから、今日は、秋飛は春姫と待ち合わせている。

一度、家へもどってから、待ち合わせ場所へ行くつもりだった。

「新選組之墓」と刻んだ石碑の前で、春姫が花束と線香を持って、待っていた。

「なんだ。クロをつれて来たの？」

春姫が秋飛の抱いた黒猫を撫でていった。

「うん」

秋飛はクロに頬ずりしながらうなずいた。

あれ以来、どこからか、道場へ迷い込んだ黒猫だったが、秋飛は、もしかしたら、クロは時を超えて来たのかもしれないと思っていた。

「それにしても、こんなに近くに、新選組のお墓があったなんて、長い間、住んでて知らなかったわ。沖田総司のお墓もあるの？」

春姫は光縁寺の山門をながめながらいった。

山門の丸瓦の紋様は「丸に右離れ三つ葉立ち葵《あおい》」。

この寺の紋が、新選組の山南敬助の家紋と同じだったことで、維新当時、山南はこの寺の住職と仲良くなった。

その縁で、亡くなった新選組の隊士がここの墓地に葬られるようになったという。

そして、ここには、山南自身の墓もあった。

「山南敬助やほかの隊士のお墓があるの。でも、沖田総司のお墓は、東京の専称寺というお寺にあって、京都にはないの。でも、交通費がたまったら、きっと、会いに行くつもり」

秋飛はこたえた。

山門には貼り紙があった。

「観光はお断りいたします。お墓参りのお方はお参り下さい」と。

「あたしたち、いいんだよね。お墓参りだもの」

春姫が自信なさそうにいった。

「大丈夫。お墓参りよ。お花だってお線香だって買ってきたんだもの」

いいながら、山門をくぐった。庫裏《くり》で墓参料を払って、本堂わきの小道をたどった。新選組隊士の墓は、奥まったところにあった。

「あったわ、山南敬助の墓！　ああ、墓石がけずられてる」

春姫が墓石をなでていった。

「これは、新選組と対立した浪士たちが、恨みから、けずったっていわれてるの」

「へえ、そうなの。やることが小さいわね。ほかにも隊士のお墓があるのね」

「そう。ここにある隊士の墓は、切腹させられたり暗殺されたり、女の人と心中してしまったり、非業《ひごう》の最期《さいご》をとげた隊士のお墓が多いんだって」

「くわしいね、秋飛」

「うん、調べたの。何にも知らないで、お墓参りに来ては失礼だと思って」

秋飛は持ってきた花を、それぞれの墓に供えた。

「そうなんだ……」春姫が線香に火をつけた。

線香のいい香りがただよう。

秋飛はじっと手を合わせた。

「秋飛、ここ、見て！　これ、だれかしら」

春姫が秋飛の袖をひっぱった。

墓地の一番奥に「沖田氏縁者」と刻まれた墓があった。

「うん、そのお墓に入っているのは女のひとよ」

「じゃ、沖田総司の彼女？」

春姫は興奮していった。

「わからない。いろんな説があるの。肺結核になった総司を看病していた女のひとともいわれてるし、別の沖田ってひとの縁者かもしれないの。山南さんの恋人だともいわれてるわ。山南さんが切腹してから、総司は山南さんの代わりに、その恋人をずっと見守りつづけて、そのひとが亡くなったので、山南さんのそばに葬ってあげたとか……」

「ふーん。その山南さんの恋人説が、一番、総司らしいわね」

「そうだね……」

秋飛はそのお墓にもお線香をあげた。

だれであったとしても、総司と同じ時代を生きた女性なのだ。

「あなたは土方さんや総司に会ったことがあるのね。時代を駆け抜けたあんないい男たちに……。あたし、あなたが、ちょっと、うらやましいわ」

春姫が手を合わせながら、沖田氏縁者に向かってつぶやいた。

「春姫ちゃんも、新選組ファンだったの」

「そりゃあそうよ。でもね、あたしは坂本龍馬ファンでもあるし、会津の松平容保《かたもり》も、勝海舟《かつかいしゅう》も好きだわ。何かに熱い心を捧げ抜いて、大勢に押し流されない男が好きなの」

「おじいちゃんも大勢に流されないひとだったよ」

秋飛がいうと、春姫はしばらくだまった。それからいった。

「そうだね。あたしはおじいちゃんも好きだった。でも、反発してたの。おじいちゃんがあたしに期待すること全部、あたしの苦手なことばかりだったから。秋飛は剣術が好きでも、あたしは好きじゃなかった。秋飛はしんぼう強い子だったけど、あたしはしんぼうするのは大嫌いだった。おじいちゃんは、一生、自分らしく生きたくせに、あたしが自分らしく生きようとするといやがった。新選組でなくても、坂本龍馬でなくっても、男じゃなくても、自分らしく、熱い心を捧げ抜いて生きる権利はあるわ。おじいちゃんは、あたしには、それを認めなかった。だから、反発したの」

春姫は、はきだすようにしゃべった。

「うん、おじいちゃんは、なんでも自分の思い通りしようとしたね。ほら、急性肺炎で緊急入院した時も。病院からはかなり悪いって聞いてたから、あたしたちは病院に泊まるっていったのに『帰れ』ってきかなかった。『病院は病人のいる場所だ。身体に悪い、帰れ』って……」

「そうだったね。身体に悪いたって、一番、身体悪いの、自分のくせにね」

「それで、あの夜も、あんまりいうから、あたしたち、二、三時間だけ、帰って寝ることにしたんだよね……」

真夜中に、病院からタクシーで家へ帰ってすぐ、秋飛は病院へ電話をした。

「今、家へ帰りついたんですけど、おじいちゃんは、大丈夫でしょうか?」

秋姫が聞くと、看護師さんが笑った。

「はい。今さっき、おじいさんの方も、夜遅いから、お嬢さんたちお二人が無事に家へ帰ったかを、とても心配されていたんですよ」

秋飛は胸がつまった。

(自分は死にかけているくせに、おじいちゃんはあたしたちが無事家へ帰ったかを心配してたんだ……)

「無事帰りましたと伝えて下さい。明日、また、朝一番に行きますって。おじいちゃんはほんとに大丈夫ですか?」

「大丈夫です。今夜のところは何事もないと思いますので、ごゆっくりお休み下さい。もし、何かありましたら、またご連絡させて頂きます」

看護師さんはそういって、電話を切った。
二、三時間うとうととした。
とつぜん、また電話が鳴った。看護師さんの声だった。

「月倉さん。急いでおいで下さい。おじいさんの病状が急に変わりました」

「ええっ、なぜ？　さっきは、大丈夫だって……！」

「そんなこといってないで、はやくっ」

春姫ちゃんがさけんだので、すぐ電話を切って、タクシーを呼んだ。

病院へ駆けつけた時、おじいちゃんの意識はもうなかった。

数時間前まで、おじいちゃんがつけていた酸素マスクは外され、ベッドのまくらもとは、ビニールですっぽりおおわれていた。

「おじいちゃんっ」

秋飛がさけぶ前に、春姫がさけんでいた。

「おじいちゃんっ、おじいちゃんっ」

春姫はビニールの外からさけんだ。

看護師さんが「あのあと、苦しかったのか、ご自分で酸素マスクを外されてしまったようなんです」と、小さな声でこたえた。

「自分で!?」

春姫が看護師さんをにらみつけた。

「自分でって、おじいちゃんはうまく息ができない重病人だったんですよ。苦しくて外したなら、なんで、そのまま放っておいたんですか。ここ、完全看護だっていったじゃないですかっ」

それまで、だまって立っていた医師が口を開いた。

「……おことばですが、看護師は精一杯やりました。見つけてすぐ、わたしに知らせてくれたので、酸素マスクを、すぐ酸素テントに切り替えることができました。今の病院では、看護師は一人の患者さんに、ずっとついているわけにはいかないんです。重病人はお一人じゃないので。申し訳ありませんが」

その時、おじいちゃんが、かすかに動いた。

「春姫ちゃん、おじいちゃんが……」

秋飛は春姫を呼んだ。

「おじいちゃんっ、何やってんのよ。帰れっていったじゃない！　だから、帰ったのよ。なのに、なにしてんのよ！　起きなさいよっ、おじいちゃん、起きなさいよっ」

春姫はビニールの酸素テントにへばりつくようにしてさけんだ。

おじいちゃんの目が、かすかに開いた。

「おじいちゃん！」

医師がだまって、酸素テントを持ち上げてくれた。

「たのむ……子どもらを……」

おじいちゃんがはっきり目を開けていった。

「たのんだで……はる…と…あきを……」

おじいちゃんの目は、中空を見ていた。まるで、そこに、だれかがいるように。

そのまま、おじいちゃんは目をつぶった。

「おじいちゃんっ、死んじゃだめっ」

春姫がおじいちゃんをつかんでゆすった。

秋飛はただ、おじいちゃんの手をにぎった。

生涯、木刀を持ち続けた掌は厚く盛り上がっていた。

「おじいちゃんの手、こんなに竹刀だこが……」

そういったとたん、涙があふれた。

それは、おじいちゃんが生きた証し。秋飛と一緒に、日々を生きた証しだった。

布団の中で、秋飛の足を撫でてくれた大きなあったかいおじいちゃんの手。

その手が次第に体温をうしなってゆく。秋飛はその体温をのがすまいと必死におじいちゃんの手をにぎりしめた。

「だめっ、もどってきて……おじいちゃん、もどってきて。行っちゃだめ、お願いだから……」

秋飛はおじいちゃんを呼びつづけた。

「午前四時十五分、ご臨終《りんじゅう》です」

診察した医師がいった。

「おじいちゃあんっ」

春姫が泣き伏した。

（……おじいちゃんはもう何もいわない……もう何も命令しない。もう怒らない。もう笑わない。もうハンバーグもつくってくれない。もう足を撫でてくれない。もう剣術をおしえてくれない。もう、心配してくれない。もう……もう……だれも、あんなには、愛してくれない……っ）

秋飛はしぼり出すように嗚咽した。

あの夜の悲しみ、絶望はまだ消えない。

あれからずっと、悲しみと絶望は、秋飛を取り巻いてきた。

（秋飛、泣くな。おれは男として人間として思うさま生きた。秋飛も生きろ。女として人間として、思うさま、生きろ。そして、また会おう。この天地で、この世界のどこかで、きっと、いつか……）

胸に染《し》み入ってきたあの声を思い出した。

（あれは、あの声は、あのことばは、おじいちゃんだったのかもしれない。あたしたちに、あの時、いえなかったことばを、おじいちゃんは総司を通じて伝えようとしたのだろうか。ううん、ちがう。あれは、総司の声。そして、おじいちゃんの声。父さんの声、母さんの声。熱い心を捧げ抜いて生きて死んだ、すべての人たちの声なんだ……この世界には、そんな声が満ち満ちている、きっと、そう。気づこうとすれば、だれでも気づけるすぐそばに、あの声はあるんだ。だれのそばにも……）

そう感じた。

光縁寺の墓地に風がわたっていた。

秋飛は、その風が、かつて生き、死んでいったひとたちの声なき声をはこんでくるような気がした。

「お姉ちゃん」

秋飛は春姫を呼んだ。

「ひとは、自分の中にタイムマシンを持ってるんだね。心を澄ませば、ずっと昔の、現実には会えないひとを感じることができる。話せる。一緒になれる。すごいね」

秋飛がいうと、春姫がにっこり笑った。

「今ごろ、気づいたか」

「ん。今ごろ気づいた」

「なら、おしえてあげよう。人生にとってはね、映画やドラマもタイムマシンだよ。小説や本は、もっとすごいタイムマシンかな。映像よりもっとたくさんの、知らないひとや過去のひとと仲良くなれるのよ。だから、あんたも剣術だけじゃなく本も読みなさい。文武両道でないと、サムライとは呼べないよ」

「そっか。お姉ちゃんも、たまには、すごいこというね」

秋飛が笑った。

「まあね、ちょっとは尊敬した？」

「うん」

「よし。じゃ、父さんと母さんとおじいちゃんのお墓の前で宣言しよう。秋飛はどうやら春姫を尊敬しているようです。そういう春姫も、秋飛を尊敬してるみたいですって」

春姫がきっぱりいった。

秋飛は胸がじーんとした。

「じゃ、新選組のみなさま、これで失礼いたします。わたしたちは、これから、現代最高の剣客、おじいちゃんのお墓へ行って参りますので」

春姫が隊士たちのお墓に敬礼《けいれい》した。

「では、行って参ります！」

秋飛も敬礼した。

空は抜けるように青く、深かった。

その空に、秋飛は総司を感じた。

（おれは、やっと、わかったよ。天と地があるかぎり、おれたちは永遠に、共に生きる。形を変え姿を変えて、おれたちはこの天地と共に生きつづけるんだ……秋飛、君に会えてほんとに良かった、ありがとう……）

青い空が、そのことばと共に、秋飛の胸に染み通ってくるようだった。

「あ……」

思わず、秋飛は小さな声を上げた。

天上から、プリズムのようにきらきらっと光るかけらが無数にこぼれ落ちていた。

「あれはなに、雨？　花びら？」

明るい声で、春姫がたずねた。

この作品は書き下ろしです。

本文中、古流剣術に関しては甲野善紀さんの身体操法を参考にさせて頂きました。
また、新選組、古流剣術の主な参考図書は次の通りです。

古流剣術概論　田中普門　愛隆堂
古流剣術　田中普門　愛隆堂
武術の創造力　甲野善紀・多田容子　ＰＨＰ研究所
古武術からの発想　甲野善紀　ＰＨＰ研究所
古武術の発見　甲野善紀・養老孟司　光文社
新選組日記（浪士文久報国記事・島田魁日記収載）　木村幸比古　ＰＨＰ研究所
新選組顛末記　永倉新八　新人物往来社
新選組始末記　子母澤寛　新人物往来社
新選組遺聞　子母澤寛　中央公論社
新選組物語　子母澤寛　中央公論社

越水　利江子
高知生まれ京都育ち。日本児童文芸家協会理事。
日本児童文学者協会会員。季節風、プレアデス同人。
『風のラヴソング』（講談社で文庫化）で
日本児童文学者協会新人賞、芸術選奨新人賞。
『あした、出会った少年』（ポプラ社）で日本児童文芸家協会賞。
他に『花天新選組　君よいつの日か会おう』『もうすぐ飛べる！』（ともに大日本図書）
『竜神七子の冒険』（小峰書店）
『月夜のねこいち』『ぼく、イルカのラッキー』（ともに絵本・毎日新聞社）
『忍剣花百姫伝』シリーズ、『こまじょちゃん』シリーズ（ともにポプラ社）
『霊少女清花』シリーズ（岩崎書店）
『百怪寺夜店』シリーズ（あかね書房）など、
絵本からヤングアダルトまで著書多数。

月下花伝

時の橋を駆けて

2007年4月1日　第1刷発行
2011年12月20日　第4刷発行

著者
越水　利江子

発行者
波田野　健

発行所
大日本図書株式会社

〒112-0012
東京都文京区大塚3-11-6
電話　03-5940-8679
振替　00190-2-219
受注センター　048-421-7812

印刷
星野精版印刷株式会社

製本
株式会社若林製本工場

ISBN978-4-477-01907-9